Índice

La Biblioteca

Vivía solo con su perro Rodolfo. Un mastín color canela de pelo abundante y lomo generoso que daba gusto abrazar. Aficionado a la lectura, acostumbraba ir a la biblioteca municipal, su lugar preferido para leer. Allí podía estar tranquilo, sobre todo por las mañanas. Era un edificio antiguo, descuidado, pero que habían acondicionado y remozado, dándole vida en su interior.

Sentir el aire fresco de las mañanas de finales de verano, las calles sin apenas circulación ni transeúntes, caminar un ciento de pasos hasta incorporarse al goteo de gente que arribaban a la biblioteca, le refrescaba las ideas y terminaba de despertar.

Le gustaba sentarse siempre en el mismo sitio. Podía ver una panorámica de la sala y a la gente entrando y tomando asiento. La población de aquel lugar era escasa en verano, pero ahora, acercándose los exámenes, se iban incorporando cada vez más de estudiantes.

Contaba 25 años, tímido sin remedio, no le gustaba llamar la atención, más bien pasar desapercibido. La biblioteca era un lugar social, aunque solo fuera para estudiar o leer, estaba en un ambiente de igual con todos.

Se sentía más integrado, ocupado en la misma actividad que el resto.

De vez en cuando se le escapaban miradas furtivas hacia a alguna chica. Aquel era un lugar de estudio y lectura, pero las chicas más coquetas no perdían la ocasión de arreglarse. "Cualquier sitio es bueno para pescar", pensó.

La biblioteca tenía dos secciones. Una de periódicos y revistas, asidua de los más entrados en años y otra zona con multitud de espaciosas mesas, que podían albergar hasta seis personas.

Entre los usuarios de la sala había gente peculiar, asidua al centro. Un hombre con problemas respiratorios, tosía a menudo y el aire que exhalaba producía una especie de silbido que simulaba una risita. Al principio, los que no lo conocían, no podían evitar sonreír y algunos ahogaban carcajadas con la mano. Pasado un tiempo, formaba parte del ambiente sonoro de la sala y pasaba desapercibido.

Entre las chicas, una en particular le gustaba muchos llevar tacones y cuando andaba, todos paraban de leer, molestos con el ruido, hasta que volvía a sentarse. Cada día lucía un conjunto distinto, presumida ella, tampoco descuidaba el peinado. Se lo arreglaba con las manos cada poco y ya de paso, lanzaba miradas seductoras a los chicos de alrededor. Al igual que el tosedor "risitas", la gente se habituó a su ritual con el peinado y a sus sonoras pisadas. Solo llamaba la atención a los nuevos que llegaban, pero acostumbrándose al poco, como el resto.

Él no la veía especialmente atractiva. Igual de tímido con todas, no veía nada especial salvo su excesivo afán de lucirse. Una biblioteca no era lugar adecuado, pero ella lo sabía y así producía mayor efecto. Se fijaba por igual en una u otra chica cuando quería descansar la vista de la lectura. Cada una con su ritual de estudio. Subrayando los apuntes con rotuladores de colores y todo muy ordenado. Los chicos, al contrario, siempre usaban el mismo bolígrafo o lápiz.

Le gustaba ver el contorno de los rostros de las chicas mientras estudiaban, con la mirada hacia su estudio, con mechones de cabello descansando sobre las mejillas y resguardándolos a continuación tras la oreja. Le seducía contemplar cómo se recogían el pelo con un movimiento gracioso de las manos. Un ritual automático hecho con tal pericia y rapidez, que apenas duraba unos segundos. Se sonreía cuando, al poco, las veía volver a soltarse de nuevo el pelo, liberando feromonas a mansalva, como velos al aire en busca de receptor.

En una ocasión tuvo que hacer una excepción y acudió a la biblioteca por la tarde. La sala se fue llenando poco a poco. Vio aparecer a la chica de los tacones por la entrada, pero antes ya se escuchaba su tac-tac en la lejanía de las escaleras. Entró en pánico cuando advirtió que no quedaba sitio en ninguna mesa salvo en la suya, frente a él. Tragó a duras penas mientras observaba cómo la chica se acercaba con pasos acompasados, tac...tac, en cadencia, un paso por segundo. El sonido seco de los tacones resonaba en la sala, haciendo añicos el frágil silencio y la concentración de los estudiantes. Se acercaba, parecía caminar a cámara lenta. En tan solo 10 segundos, pero con pasos eternos, se detuvo a la altura de su mesa y escudriñó algún hueco en el que sentarse hasta que se dio cuenta de que tenía sitio libre en la mesa junto a ella. El corazón no le daba a vasto, bombeando como loco, tuvo que ponerse la mano en el pecho temiendo que se le saliera. No se atrevía a levantar la cabeza. Con la mirada hacia el libro, no veía letras sino vírgulas, tal era su agitación.

Un chasquido seco trajo la oscuridad más absoluta. Todo estaba extrañamente silencioso. Quedó desconcertado e inmóvil, cuando en sus labios notó un roce suave y cálido. Le produjo tal sensación de placer, que el calor inundó su rostro y se extendió por el resto del cuerpo. Fue breve y eterno al mismo tiempo. El corazón se calmó y le pareció flotar en aguas de anhelo.

El ruido estridente del despertador distorsionó las aguas, ahora de exasperación, en las que zozobró. Se incorporó y apartó a su perro, que le estaba dando lametones de buenos días en la boca.

—Rodolfoooo, ya te vale…

El perro, más contento que unas pascuas, le sonreía a su manera, jadeando y meneando la cola. Con ladridos cortos y afectuosos le apremiaba a levantarse.

Tras el desayuno y despedirse de Rodolfo partió raudo. La biblioteca le esperaba...

La llamada de teléfono

Como cada mañana Juan tomaba el desayuno escuchando las noticias en la radio. El café humeante dibujaba jirones en la luz que se colaba por la ventana. Terminó de arreglarse y cuando se disponía a salir sonó el teléfono.

—"Número desconocido"

Él nunca contestaba salvo a sus contactos de la agenda. Tampoco esperaba llamada sobre ningún asunto que tuviera pendiente, pero en esa ocasión contestó.

—Buenos días, mi nombre es Marisa Martínez y le llamo de la empresa de telefonía "Tele-fibra". ¿Tiene internet en casa?

Eso le puso de mal humor. Le contestó de mala gana, diciéndole que no tenía intención de cambiar. Tras unos segundos de oír impacientemente, le dijo que no tenía tiempo y le colgó sin más.

Acostumbraba a ir en bus al trabajo. Le gustaba porque al menos durante media hora podía poner en orden sus ideas y pensar en las cosas que tenía que hacer. Pero ese día llegó a la parada tarde. El bus ya se alejaba y se puso iracundo pensando en la llamada que lo había retrasado. Así que se sentó a esperar el siguiente. "7 minutos para la llegada" marcaba el panel.

Sentado en la parada, observaba de un lado a otro. Perdida la mirada, su ira se fue disipando. Un taxi paró a unos metros de donde se encontraba. Salió una mujer que llevaba prisa y desapareció de su vista tan rápido como había aparecido.

Al poco rato se fijó que en la acera había una pequeña libreta. Pensó que sería de la señora que se había bajado del taxi. Se acercó y la recogió. Era un sencillo cuaderno de notas. La ojeó rápidamente sin leer hasta que se paró en la última hoja escrita. "Recoger mañana abrigo de la tintorería". Había un número de teléfono anotado y la hora a la que debía acudir, 10h.

El día transcurrió como de costumbre y llegó a casa cansado y deseando cenar. Colgó el abrigo en la entrada y algo cayó al suelo. Era la libreta que encontró en la calle. Lo había olvidado por completo. Se quedó pensando un rato qué hacer con ella. Buscó en internet el número de teléfono que aparecía en la nota y encontró el nombre de la tintorería. Decidió que se acercaría al negocio para devolverle el pequeño cuaderno de notas a la señora. Pensó que quizás podía tener anotaciones de valor.

A las diez de la mañana estaba en la puerta de la tintorería. La mujer del día anterior se encontraba dentro. Esperó a que saliera. Cuando lo hizo, le comentó cómo el pasado día, en la parada de su barrio, la vio salir del taxi y que casualmente recuperó la libreta que se le cayó al suelo y que en ese momento le estaba mostrando. Ella entre desconfiada y agradecida se le iluminó el semblante. La había estado buscando el día anterior y con gran preocupación no había pegado ojo. Le agradeció el gesto y le comentó que en esa libreta tenía anotaciones importantes y de no haber aparecido le habría causado muchos trastornos. Le gustaba escribir a mano y no utilizar el móvil para recordar las cosas. Así entablaron conversación y congeniaron tomando un café.

Los siguientes días siguieron en contacto y de esa forma entablaron amistad. Con el tiempo aquello desembocó en una relación.

———————————

Juan estaba frente a su taza de café, en la cocina, escuchando las noticias como de costumbre.

Se acercaba la hora de irse al trabajo y sonó el teléfono.

—"Número desconocido"

—Cariño, no te entretengas que vas a perder el bus. Ya lo cojo yo, dijo su mujer.

Así lo hizo. Se despidió de su esposa y partió hacia la parada del bus.

"7 minutos para la llegada" marcaba el panel. Una reminiscencia de su mente salió a la luz y recordó la llamada que recibió hacía ya unos años en las mismas circunstancias. Pensó que, si no hubiera cogido ese día el teléfono habría llegado a tiempo a la parada. El corazón le dio un vuelco al deducir que no hubiera visto aparecer el taxi, ni recogido la libreta y todo lo demás que aconteció y que fue el desencadenante de su nueva vida.

Él, que siempre analizaba todo, empezó a hacer sus cábalas: La llamada, el taxi, la libreta en la acera, el que cayera al colgar el abrigo. Cuatro azares, uno tras otro. Cualquiera que no hubiera ocurrido rompería la cadena, sin producir el mismo resultado: conocer a su mujer. Después de todo, fue esa llamada la que le cambió la vida.

¿De verdad las cosas son así? Pensó. Acontecimientos en cadena y al azar y que cualquier cambio en estos produce resultados distintos...

Le asustó la idea de no tener el control de su vida. Que los sucesos imprevistos fueran tan determinantes. "Mejor no pensar más en ello", atajó.

Llegó la hora de su descanso en el trabajo y fue con los compañeros a la cafetería. En la mesa había uno de esos servilleteros de papel que más que absorber, desplazan. Cogió un sobrecito de azúcar y lo giró.

Su rostro se petrificó y sus pensamientos se desbocaron a leer:

"El destino mezcla las cartas, nosotros las jugamos"

Arthur Schopenhauer (1788-1860)

Lorenzo

El cielo comenzaba a desperezarse. La bola de luz se asomaba entre las montañas oscuras, lanzando rayos luminosos que cegaban a los gansos madrugadores. Allí arriba, una leve brisa comenzó a desplazar su nube. El movimiento lo despertó y se incorporó. Se sentó al borde del algodón de aire, con los pies colgando, contemplando el espectáculo del nacimiento del nuevo día. El sol ascendía veloz, iluminando la tierra oscura de abajo, dando tonos cálidos a los campos de trigo y cebada que se extendían entre parcelas verdes de cosechas por recolectar. Lorenzo abrió su boca de luz al igual que él, en un gran bostezo. El hambre apremiaba.

—¿Qué hay de desayunar hoy, Lorenzo? Preguntó al sol.

—¿Qué te apetece?

—Pues, unas tostadas con un poco de ilusión para untar. Estoy falto de ánimo y necesito algo que me haga vibrar.

Lorenzo siguió ascendiendo haciendo caso omiso a su petición. Él se quedó esperando y como no tenía nada que echarse a la boca arrancó un trozo de nube de la parte más dulce. Mientras comía, contempló el paisaje en movimiento de abajo. El cielo azul cambiaba por momentos de tonalidad. Clareándose conforme Lorenzo lo bañaba de luz.

Un punto diminuto surgió de la nada. Se hacía poco a poco más grande. Tardó unos instantes en tomar la forma de un caballo, como si de una metamorfosis se tratara. Era de un azul eléctrico, lleno de helio, que se le habría escapado a algún niño en algún parque de atracciones o feria. Cuando llegó a su altura, de un brinco se montó en él.

El caballo comenzó a descender hacia abajo por el peso. Nunca había volado. Era una sensación de libertad, como sucede en los sueños, donde puedes ir a toda velocidad o al trote, según te venga en gana. Por el camino de descenso se cruzó con otros globos de diversas formas. La sensación de velocidad era mayor al él bajar y los globos subir. Sintió un poco de vértigo, quizás por la inmensidad de los paisajes que empezaba a vislumbrar entre las nubes bajas y deshilachadas. El contraste de luz del mar y la tierra era tal que el fulgor que desprendían las aguas le cegaba, teniendo que guiñar uno de sus ojos y ver con el otro entreabierto.

Las atracciones de un complejo de ocio iban tomando forma. Las personas eran cual hormigas diminutas en movimiento y el sonido sinuoso de los carricoches le llegaba como girones de melodía. En pocos minutos tomó tierra entre la gente. Se sorprendió que las atracciones no tenían volumen. Eran fotografías llenas de colores y luz, pero quien las hiciera tenía una visión de profundidad sorprendente porque vistas desde cierto ángulo perdían su planicie, adquiriendo relieve.

Las personas que había a su alrededor circulaban sin notar su presencia. Era invisible para ellas. A unos metros de él un niño lloriqueaba. Su madre le consolaba abrazándole fuerte. Se dirigió hacia a ellos. La mujer, sin embargo, sí podía ver cómo él se acercaba. Su rostro le era familiar. Era su propio hijo, pero no le reconocía porque a quien observaba era un hombre con un globo con forma de caballo en su mano. Él sí la reconoció. Tragó saliva y no supo cómo reaccionar. Finalmente le habló como a una desconocida. Con sus miradas cruzadas él le hablaba con extraña familiaridad. Ella veía en sus ojos una cercanía y afinidad que no acertaba a explicar.

—Creo que este globo es de su hijo —dijo él, ofreciéndoselo.

—Sí, pero ¿cómo ha podido cogerlo?

—Eso no importa. Todos tenemos recursos.

—Mira Carlos. Este señor ha recuperado tu globo.

El niño se volvió y una tremenda sonrisa se dibujó en su rostro. Secándose las lágrimas con la manga de su jersey, dijo:

—Mi caballo…

Él se vio como en un espejo con 40 años menos. Se sonrió por dentro observando su pelo fuerte y brillante. Los ojazos que lucía habían encogido también con los años en relación con el resto del cuerpo. La mirada sin embargo era distinta. Hacía mucho tiempo que había perdido ese brillo. Quizás el brillo de la ilusión y el vivir sin preocupaciones, sin más tiempo que el presente.

—Este caballo tienes que domarlo. No dejes que se te escape otra vez.

—El niño lo tomó y abrazó fuerte para que no se le escapara de nuevo.

—Y tú, ¿cuándo vas a recuperar tu caballo perdido? —dijo el niño.

Se sorprendió de la pregunta. ¿Sabía quién era? No supo qué contestar.

De repente, se levantó un viento huracanado. Las fotos gigantescas de las atracciones comenzaron a bailar en el aire. Su madre y Carlitos se desvanecieron, al igual que todas las personas del parque de atracciones. Una ventana abierta, en algún lugar, golpeaba enrabietada su marco.

Se despertó sobresaltado. La cortina de la ventana de su habitación se movía violentamente por el aire de la calle. Se dirigió a la cocina para cerrar la que no paraba de hacer ruido.

Fue al salón a sentarse y observó en la vitrina una foto de su madre cuando era joven. Le tenía cogido de la mano. Al lado estaba su antigua cámara de fotos, criando polvo. Recordó cómo, años atrás, disfrutaba capturando imágenes de todo lo que le llamaba la atención. El tiempo, las preocupaciones y los avatares de la vida le habían privado de su caballo azul.

—Al final Lorenzo se portó bien con el desayuno —sonrió para sus adentros.

Cogió su cámara, la desempolvó y prometió cuidar y alimentar la pequeña llama que se había encendido de nuevo en su interior.

Habitación 202

Era invierno de 1995. Al salir del trabajo, Juan se encontró con un atasco. Se celebraba una boda y multitud de personas y coches se aglutinaban en la puerta de una iglesia. Los novios salían exultantes mientras les llovían kilos de arroz. Los coches al pasar, aminoraban su marcha para ver a los afortunados intentando protegerse del arroz y de algunas peladillas camufladas que bien podían descalabrarles.

Juan se vio forzado a formar parte de aquella comitiva interina. "¿Ante quién se casan?" —Pensó—. "Un Dios etéreo, imaginario, existente por tradición. Un padre universal en el que apoyarse, responsable de todo y cuyas decisiones, según la iglesia, son incomprensibles y hay que aceptar sin más…" —sacó a relucir su vena atea.

Tras cenar, se sentó plácidamente en el sillón para ver la televisión. Estaba medio adormilado cuando sonó el teléfono. Pegó un respingo de la impresión.

—¿Si?

Se oía ruido de interferencias. Tras unos segundos surgió una voz lejana.

—Juanito... ¿me escuchas?

La voz entrecortada iba y venía en oleadas.

—¿Quién es?

—Cariño, quiero que me escuches con atención…

La voz le resultaba muy familiar y no tardó en identificar a su madre, fallecida cuando él era aún muy joven. Se le formó un nudo en la garganta y el corazón vibraba en su pecho.

—¿Mamaaa?, pero…, no puede ser —Se negaba a creerlo.

—Mire, no tiene ninguna gracia. No tiene otra…

—¡Escúchame bien! le interrumpió.

La comunicación agonizaba. Era como si una niebla eléctrica quisiera apagar la voz de la mujer.

—Ve a la habitación 202 del "Hotel Berlanga". Hay algo para ti.

El ruido eléctrico se intensificó. Las últimas palabras de la mujer se desvanecieron en un susurro y la llamada se cortó.

Juan no daba crédito. Sentimientos de incredulidad, temor y nostalgia formaban una argamasa difícil de digerir.

Aquella noche no dejaba de pensar en la llamada y cuando logró dormirse, imágenes de sus padres aparecieron en sus sueños. También una habitación desconocida, con él indefenso en la oscuridad y sin poder salir.

Ojeroso y cansado desayunó y cogió la guía telefónica para buscar el hotel. No lo encontró.

—Quizás en una hemeroteca tenga suerte — pensó.

En el mostrador de la biblioteca, un hombre entrado en años leía tranquilo un libro en espera de algún usuario.

—Perdone, dónde podría buscar información sobre un antiguo hotel de la ciudad. En la guía telefónica no aparece.

—¿Qué hotel busca? Quizás pueda ayudarle.

—"Hotel Berlanga".

—Había un alojamiento con ese nombre en la calle "Espejo" pero lo reformaron hace bastantes años y ahora se llama "Hotel Buñuel". Lo conozco porque vivo cerca.

—Gracias. Si lo busco por mi cuenta, no sé si lo hubiera encontrado.

—De nada hombre. Vaya usted con Dios.

Partió, impaciente, hacia el hotel con una mueca de risa por el último comentario del bibliotecario.

La fachada, descuidada, lucía desconchones y churretes de óxido y polvo. Juan entró sin importarle la mugre y el deterioro de la entrada.

—Buenos días. Quisiera una habitación.

El recepcionista se volvió hacia el panel de llaves un instante.

—Está de suerte. Todas están disponibles para usted. ¿Cuál quiere? Dijo sonriente.

—Temporada baja ¿verdad? Deme la 202.

El semblante del recepcionista se ensombreció y quedó en silencio durante unos segundos.

—¿No prefiere otra? La 202 está en el ático. No tenemos ascensor. Le recomiendo el primer piso. En esta planta es más probable que le molesten también por el trasiego de gente.

Juan pensó que estaba de broma. Viendo el panorama no parecía que nadie fuera a aparecer por ese antro.

—Deme la 202. No me importa subir escaleras. Quiero tranquilidad.

—Un momento por favor.

El recepcionista se dirigió al despacho del gerente y este apareció acto seguido. De aspecto desaliñado, a juego con el hotel, se dirigió al mostrador.

—Buenos días. Mi empleado me dice que quiere usted la habitación 202. Disculpe, pero no está acondicionada para una estancia y...

—¡No me hagan perder más el tiempo! —Le espetó en tono cortante— Creo que con esto zanjamos el asunto. Dejó caer un billete de mil pesetas sobre el mostrador.

—Por supuesto. Aquí tiene la llave. Disfrute de su estancia.

El piso del hotel estaba vestido de una moqueta granate, descolorida por el paso del tiempo. Subió las escaleras hasta la primera planta con pisadas silenciosas. Parecía levitar. El pasillo estaba en penumbras, solo iluminado por la escasa luz de la ventana del fondo. El interruptor de la luz no funcionaba. Continuó subiendo el segundo tramo de escaleras.

El ático estaba en total oscuridad. Encendió un mechero y pudo ver una única habitación. Las sombras bailaban al compás de la llama. Varios cuadros decoraban las paredes. En el más cercano a la puerta figuraba un hombre sentado, cabizbajo y con los brazos lánguidos.

—¡Anímate hombre! —le dijo como si pudiera escucharle.

Introdujo la llave con dificultad en la cerradura. Se resistía a entrar y una vez dentro no lograba que girase. Al fin cedió y pudo acceder a la habitación.

Pulsó el interruptor y una luz amarillenta se hizo paso en la oscuridad desde una bombilla colgada de un cable. La habitación era sencilla, de escaso mobiliario. Junto al escritorio había un espejo de pie, ovalado y tan alto como él. El baño era pequeño y sin ventana, con la puerta vestida también de espejo. El polvo lo cubría todo. Era como ver a través de un cristal sucio. La única ventana de la pieza estaba cegada.

Su Rolex marcaba las doce y veinte, la misma hora que el viejo reloj de la pared cuyas manecillas estaban paralizadas desde hacía años. Comenzó a dar golpes con el dedo sobre la esfera de su reloj porque igualmente las agujas habían dejado de moverse.

Se preguntó qué podía encontrar en aquella habitación. Observó todo con detenimiento y no vio nada de particular. Entró en el baño. Olía mucho a humedad. Lágrimas de óxido lucían paralizadas en la bañera y lavabo. El espejo de la puerta estaba empañado de polvo.

—¿Qué demonios estoy haciendo aquí?

Aburrido, se dirigió a la puerta para irse. Al abrirla quedó atónito. En lugar del oscuro pasillo de la planta, veía la misma habitación donde se encontraba, como si fuera a entrar de nuevo. Sintió vértigo y con cautela avanzó unos pasos, con las manos por delante, hacia el otro lado.

Era una pieza idéntica. Volvió la vista atrás y allí continuaba la habitación que abandonó. Aquello no tenía explicación.

—¿Pero qué broma es esta?

Se encontraba encerrado entre dos habitaciones iguales con una única puerta. El corazón comenzó a golpear su pecho. No podía escapar de aquel lugar. Le entró pánico y se puso a gritar.

—¡Ayúdenme por favor! ¡No puedo salir!

Golpeaba la puerta con puños y pies lo más fuerte que podía.

—Ehhh, ¿Es que no me oyen? ¡Sáquenme de aquí!

Continuó vociferando hasta que la garganta se le secó y sintió punzadas como si tuviera dentro cristales rotos. La bombilla comenzó a parpadear, amagando apagarse. Agotado por el esfuerzo se dejó caer en la cama. La luz claudicó ante la oscuridad. Comenzó a sollozar.

Las lágrimas nacían para morir en sus puños. Rendido, se dejó pisar por la soledad y el abandono hasta que se quedó dormido.

No sabía cuánto tiempo había transcurrido cuando despertó. En esa noche eterna sin estrellas, encendió el mechero para coger algo de aliento y pensar. Era lo único que podía hacer.

Tras un puñado de ideas que no llevaban a ningún lado, se preguntó el porqué del número de la habitación. Era la única pieza en la planta. ¿Por qué no doscientos uno? Dos números iguales separados por un cero... Creía desvariar. Tenía hambre y su situación era patética.

—Dios mío, ¿qué puedo hacer? No quiero morir aquí. Ayúdame… —Se sorprendió de pronunciar esas palabras.

—¿Qué tal si le prendo fuego a este maldito sitio?

De repente la bombilla comenzó de nuevo a iluminar la habitación y se sobresaltó por lo inesperado del hecho. A pesar de la luz tan débil, le molestó al estar tanto tiempo a oscuras. Cuando sus ojos se adaptaron, su mirada quedó clavada en el espejo de la puerta del baño. En él se reflejaba parte de la habitación incluido el espejo ovalado. A su vez, dentro de ese reflejo, volvía a repetirse la misma imagen una y otra vez, disminuyendo de tamaño hasta reducirse a un punto. Nunca había visto ese efecto de espejos enfrentados.

Entonces fue cuando dos neuronas hicieron conexión en su cabeza, asociando el pensamiento del número de la habitación con el reflejo infinito de los espejos.

Era su último cartucho. Cogió el espejo ovalado y lo colocó frente a la entrada queriendo formar algo similar al número 202. Se hizo a un lado y abrió la puerta.

Contempló como la imagen se reflejaba a si misma infinitamente hasta llegar a un punto donde colapsó con un estallido sordo. Desde ese punto el espejo comenzó a resquebrajarse como rayos en la noche y los gajos caían uno tras otro al suelo.

La madera que sustentaba al espejo vio la luz y pegada a ella había una nota. La cogió y leyó:

"Si estás leyendo estas palabras es que hallaste lo que necesitabas: Un poco de fe.

(Tu madre)"

Nunca pensó que contemplar una oscuridad como la de aquel pasillo, podía proporcionarle tanta alegría.

Al fin pudo salir y con algo nuevo en su interior.

La barca

Era medio día y Luis caminaba por las calles céntricas de Málaga con su grupo de amigos en busca de un bar para tapear. Habituado a las callejuelas angostas y recovecos, no había rincón ni negocio que no conociera. El sol caía a plomo y apenas producía sombras donde cobijarse. Apretaron el paso abriendo camino entre la gente, ya que los bares se llenaban rápido a esas horas. Todos buscaban mesa al abrigo del sol y refrescarse con una cerveza. En uno de los muchos quiebros del grupo por aquellas callejuelas, Luis observó algo en una bocacalle que le llamó la atención. Vio la puerta de un negocio que no debería estar ahí. Al menos, él nunca lo había visto. Extrañado, les dijo a sus amigos que siguieran y le mandaran un mensaje cuando encontraran algún sitio.

La tienda parecía una librería de libros usados a juzgar por las pilas que se amontonaban en la entrada. En el centro de la ciudad se podían encontrar muchas de esas tiendas, pero aquella no la conocía. Parecía haber surgido de la nada. Abrió la puerta y un colgante metálico tintineó arriba avisando de un nuevo cliente. Aquello era una jungla de objetos de todo tipo. No solo había libros. Parecía más una tienda de antigüedades. Todo estaba desordenado y lleno de polvo: figuras de madera y plata, lámparas antiguas, televisores blanco y negro, radios con rueda para mover el dial… Todo un amasijo de artículos de diferente origen y época, sin orden ni concierto. Tenían tanto polvo que no era posible saber qué color escondían debajo si no era pasándole la yema del dedo que se volvía blanquecina.

En un rincón, sobre una estantería de madera, yacía un grupo de libros descoloridos y con la cubierta sucia. Cogió uno al azar y al abrirlo su olfato se inundó de un aroma mezcla de papel rancio y tinta añeja. Ese olor, inconfundible, a libro viejo que embriaga y por lo que muchos no abandonan la lectura en papel. El hueco que dejó el libro hizo que el resto perdiera la estabilidad y todos cayeran de lado como desvaneciéndose. Una pequeña barca alargada y metálica vio la luz. Parecía de plata, con bonitas incrustaciones de colores. Le sobrevino un impulso irresistible de tocarla. Al hacerlo se produjo un flash que le cegó y a continuación, durante unos instantes, observó cómo la tienda se había transformado. Tenía igual distribución, pero distinto contenido. Ahora veía cerámicas, vasijas, platos, cestos de mimbre, telares, estatuillas… La visión duró muy poco y el corazón se le aceleró sobremanera. Fue tal su excitación que volvió a tocar la figura agarrándola ahora con fuerza. De nuevo un flash cegador hizo que todo se transformase.

No reparó que él también había cambiado hasta que se vio reflejado en una bandeja metálica. Desnudo de cintura para arriba, solo llevaba una faldilla blanca y sandalias hechas con juncos. El dueño de la tienda le hablaba en un idioma extraño que jamás había escuchado. Hizo señas de que no entendía y se dirigió hacia la salida. Una cortina de tela con motivos extraños hacía de puerta. Al apartarla, la luz le cegó, quedando sin visión unos instantes. Aquella luminosidad superaba con creces a lo que estaba acostumbrado. Con los ojos entreabiertos y la mano a modo de visera pudo ver la calle de tierra. Los hombres llevaban una indumentaria parecida a la de él. Las mujeres iban ataviadas con falda larga y ceñida. Se cubrían los senos con tirantas anchas. Su mirada quedó fijada unos instantes en el obelisco de la entrada de la tienda, casi de su altura, con signos tallados y oscuros.

Dejándose llevar por el fluir de la gente pasaba desapercibido como uno más en aquella ciudad. Creía estar soñando y no le apetecía despertar. Tenía curiosidad por conocer aquel lugar.

Al igual que en Málaga, las calles eran estrechas con infinidad de bifurcaciones, formando una maraña donde era fácil perderse. Algunas calles estaban cubiertas con telares, paja o techo de adobe. Las casas eran de ladrillo, de dos plantas las menos.

Sin entender el idioma, no quiso llamar la atención intentando comunicarse. Después de un buen rato deambulando llegó a un espacio más abierto. A pocos metros, un foco gigante de luz le impedía ver con claridad. Se desplazó hacia una sombra y vio un enorme río del que apenas vislumbraba el otro extremo de la orilla. Los juncos crecían salvajes y sin control en la ribera y un sol potente hacía brillar las aguas. Miles de estrellas brillantes se mecían en el agua. Barcas surcaban el río en ambos sentidos y la algarabía de los puestos de los comerciantes hacía el ambiente ensordecedor.

La sombra en la que se encontraba del portal de un puesto de legumbres. Un hombre, con la ayuda de su hija, llevaba el negocio. Cuando vio a la joven se quedó petrificado. No podía apartar la vista de ella. La chica se dio cuenta y evitó tímida la mirada, aunque sonriendo. Finalmente, hizo acopio de fuerzas y levantó la cabeza para mirarle. Los dos quedaron unidos por un hilo invisible. Él le hizo un gesto para que se acercara. Como el padre estaba receloso, fingió una pregunta sobre los productos que tenía más cerca.

Él sonrió al aproximarse la chica, lo que la sedujo aún más. No sabía cómo hablarle, y se presentó como pudo ayudándose con gestos. Le preguntó de la misma guisa su nombre. Ella le contestó en su idioma: "Oni". La atracción entre ambos era evidente. Sus miradas lo decían todo. Él se fijó en una talla de madera que Oni llevaba por colgante. Era una barca, como la que encontró en la tienda y le había llevado a ese lugar. Señaló el colgante y asintió como diciendo lo bonito que era.

—¿Puedo tocarlo? —intentó decir con gestos. Ella comprendió al instante y asintió. Al tocar la barca nada sucedió, como quizás él sí esperaba.

—¿Te gusta? —dijo ella.

—Sí, mucho, contestó él.

Aquella barca tenía magia. Exultante al poder comunicarse en el idioma de Oni, no cabía en sí de alegría. Ella, igual de sorprendida que él, le encantó el sonido de su voz y poder comprenderle.

—Estoy perdido en esta ciudad. Vengo de muy lejos y una barca como la tuya me ha traído hasta aquí. ¿Quieres enseñarme tu ciudad?

—Espérame allí (señaló la orilla del río). Iré cuando termine el trabajo.

La espera se le hizo eterna, pero al fin apareció. Durante el paseo, hablaron largo y tendido. En tan poco tiempo el amor surgió. Ella le habló de su ciudad, Tebas, de su familia, sus costumbres y respondió a todas las curiosidades de Luis. Él también le habló de él y de Málaga y lo distinto que era todo. Sus manos se enlazaron y pasearon por la orilla del río como si siempre lo hubieran hecho.

Se sentaron sobre un promontorio donde podía contemplar mejor el río. El sol caía, tiñendo el cielo de colores cálidos y azulados. Las nubes deshilachadas dibujaban formas fugaces en el firmamento. El río a su vez se tiñó de oro. Las barcas parecían moverse con lentitud, dejando una estela en el agua que nunca acababa. Los ojos de los cocodrilos se asomaban furtivamente en busca de presa y los lomos plateados de los hipopótamos se unían al juego de luces y colores que producía el sol en el Nilo. Ella se sentía en el paraíso, apoyada en él que la abrazaba sintiéndose dichoso también.

A lo lejos comenzó a escucharse un sonido de caballos al galope. Producían un estruendo en la estrechez de las calles. El padre preocupado por la ausencia de la hija había avisado a la guardia. Los jóvenes se asustaron. Voces de soldados se escuchaban cada vez más cercanas.

Luis, intuyendo el problema, cogió de la mano a Oni y corrieron en sentido contrario a la algarabía.

—Me están buscando —dijo Oni—. Corremos peligro. Debes esconderte. Yo iré a casa.

—Creo que sé dónde ir. ¡Vente conmigo! Te mostraré mi hogar. Quiero que estemos siempre juntos.

—No puedo. Mi familia está aquí y no voy a abandonarles.

En una pequeña calle, al resguardo de las miradas, alejados de los soldados que la buscaban, él la besó. El tiempo se detuvo y sus labios se unían una y otra vez, como si el mundo acabara.

—Vete ya —dijo ella—. Este no es tu sitio. Me encontrarás en tu mundo…

Él corrió desorientado por las calles. Los caballos se escuchaban de nuevo cerca. Las lágrimas corrían por su rostro y se sentía morir al separarse de ella.

Ya casi anochecía y al fin encontró el obelisco de la tienda. El dueño estaba recogiendo la entrada, a punto de irse. Entró como una exhalación en busca de la barca. La agarró con fuerza y un flash cegador le devolvió a su mundo.

El tiempo había transcurrido de igual manera en su ciudad. Estaba oscureciendo. Callejeando en busca de sus amigos escuchó el sonido de un mensaje. Se paró en el portal de una frutería para leerlo. Giró la cabeza hacia el interior y encontró de nuevo la mirada que había perdido en Tebas.

Mezquita

Llegó a Córdoba al atardecer. Dejó la maleta en el hotel y después de picotear algo que traía para el viaje salió hacia el Alcázar. Ya había oscurecido, pero aún se podían ver muchos transeúntes por las calles adoquinadas del barrio judío. Cuando pasó junto a La Mezquita se escuchó por un altavoz la llamada a la oración árabe. Aquello no se lo esperaba y le pareció como si le transportara a otro lugar el sonido que se ahuecaba por las calles estrechas, alargando el "*adhan*" y perdiéndose en la oscuridad.

Cerca del Alcázar vio el Monumento a los Amantes. Una escultura con dos manos enlazadas. Era el escaparate para los versos apasionados que estaban escritos al pie, en castellano y árabe. Versos de dos poetas enamorados que expresaban con desgarro su sentir.

Guardó cola para entrar al espectáculo "Noches mágicas en el Alcázar". Una estatua de Alfonso X El Sabio daba la bienvenida en la entrada. Después de una proyección de la historia de Córdoba sobre una pared en los jardines que daban acceso a los baños árabes, pasó junto al grupo al complejo de fuentes, en aquel vergel nocturno, repleto de pequeños surtidores que jugaban con el agua moldeándola en arcos que se entrecruzaban a distintas alturas. El espectáculo de luces era maravilloso, cambiando la iluminación al ritmo de la música y el agua. El grupo recorrió cuatro grandes fuentes cada una con su encanto y variando las melodías y efectos en el agua. En la última fuente y para culminar la visita, los chorros centrales formaban una cortina que se mantenía constante y en la que proyectaban imágenes del arte y folclore andaluz, siempre amenizado con música de la tierra. A lo lejos se podía ver una de las torres del Alcázar iluminada de tonos cálidos y en el fulgor de las luces del centro de la ciudad.

Terminó la noche dando un paseo por la orilla del río hasta el Puente Romano, donde pudo ver de un lado la Torre de Calahorra y del otro La Puerta del Puente, en la Plaza del Triunfo. Por allí volvió al hotel, paseando por el lateral de la Mezquita que estaba junto a la plaza.

Al día siguiente fue a la Oficina de Turismo situada en la Plaza de las Tendillas. Se sentó en un banco de cerámica, frente a un quiosco. Comenzó a mirar el plano que le habían dado y una chica apareció para comprar algo. Iba vestida de negro, con pantalones vaqueros y blusa de encaje. Cuando terminó en el quiosco y se disponía a marcharse él se levantó para abordarla.

—Perdona, ¿para ir a La Mezquita…?

La chica comenzó a explicarle. En ese momento dejó de escuchar y oír. Se abstrajo de todo y escrutó los rasgos de la joven. Llevaba el pelo negro recogido. Su rostro irradiaba juventud y vitalidad. Sus labios eran delgados y la mirada era clara y franca. El brillo de sus ojos aún se mantendría por muchos años si la vida se portaba bien con ella. Tenía la belleza natural de las mujeres en las que el maquillaje merma la hermosura si se abusa de él.

Cuando la chica estaba terminando la explicación volvió el sonido a sus oídos.

—Entonces por esta calle mejor, ¿no?

—Sí, es más rápido.

—Muchas gracias —contestó él con una sonrisa.

—Tienes unos ojos muy bonitos —le dijo con la mirada. Ella sonrió como si hubiera captado el halago.

Se alejó deteniéndose frente al monumento al Gran Capitán antes de ir calle abajo dirección a La Mezquita con la imagen de la chica aún en su mente. Pasó junto al Conservatorio de Música y el Convento de las Carmelitas Descalzas.

Entró al Patio de los Naranjos por la Puerta de Santa Catalina. La puerta de bronce estaba sembrada de clavos y tenía dos cabezas de león por aldabas. Desde allí la perspectiva de la Torre del Campanario, antiguo Alminar, era digna de una instantánea. Al pie de la torre había una gran fuente donde la gente aprovechaba para refrescarse y hacerse fotos. Junto a ella otro minúsculo surtidor donde yacían, bajo el agua, numerosas monedas, huellas de anhelos o "por si acasos". Halló cerca de esta otra fuente frente a la pared de la Mezquita, donde un surtidor soltaba un buen caño de agua. Los laterales del patio eran pasillos con numerosos arcos mirando hacia el monumento.

Cuando al fin entró en La Mezquita, vio un millar de columnas, sostén de arcos en herradura con franjas blancas y rojas, sumidas en una leve oscuridad y filtraciones albinas del exterior. Las lámparas brasero que pendían del techo por largos hilos irradiaban halos blancos desde sus entrañas contribuyendo al ambiente mágico del recinto.

Las bóvedas con áurea iluminación combinaban armoniosamente con el blanco que se colaba por las ventanas. El recinto lo circundaban capillas y en la zona central se levantaba el coro y la Catedral renacentista que con su fuerte luz contrastaba con la penumbra en la que se sumían los arcos árabes.

Un rosetón proyectaba un haz multicolor sobre el suelo de mármol que era lugar de foto-recuerdo obligado. Junto con los ventanales góticos cromáticos, completaban el conjunto lumínico de La Mezquita.

Los guías se paraban para soltar su sapiencia a los grupos de turistas. Verborrea sin ritmo ni expresividad que repetían una y otra vez, día tras día.

Fue en la zona sur, más oscura por la leve luz roja de las lámparas donde un turista topó con él mientras hacía una foto. No se lo esperaba y perdió el equilibrio. Buscando donde apoyarse para no caer hacia atrás se apoyó en la pared y algo cedió bajo su mano. Una puerta aparentemente invisible se abrió girando rápidamente y transportándolo al otro lado del muro. Todo fue tan rápido que de repente se vio a oscuras en un lugar oculto, con un fuerte olor a humedad, espantosamente silencioso. No oía el más mínimo ruido de la Mezquita.

—¿Cómo es posible? —se preguntó.

Por mucho que aporreaba la puerta aquel sonido no llegaba a ningún oído. No podía hacer otra cosa que avanzar. Sacó el móvil y con la luz de flash iluminó lo que era un pasillo de paredes de piedra. A ambos lados de la pared había teas inertes desde hacía mucho tiempo. Tras un recorrido corto llegó a unas escaleras de caracol con pronunciado desnivel. Los escalones eran enormes bloques de piedra sin pulir. Tenía que ver bien dónde pisaba para no dar un paso en falso. No supo cuántos metros descendió cuando llegó al final y se encontró en un rellano y una vetusta puerta cerrada con cerrojo oxidado que le costó mucho desplazar.

Cuando al fin lo consiguió tuvo que hacer gran esfuerzo por abrir la puerta. Al atravesarla se encontró en un recinto inmenso. Era similar a La Mezquita que conocía, pero sin vestigios cristianos ni iluminación artificial. Las lámparas quemaban velas y por las paredes se colaba luz blanca del exterior a través de pequeñas aberturas. Los muros estaban semidesnudos, con tapices de motivos coloridos. Grandes alfombras cubrían el suelo. Aquella segunda Mezquita fue construida quizás en una de las ampliaciones de la original por alguno de los emires de la época o quizás ante la proximidad de la reconquista cristiana por Fernando III de Castilla.

Las únicas personas que veía eran musulmanes, la mayoría en postura de rezo. Si La Mezquita que conocía era una maravilla, aquella, aunque más sobria, tenía también su encanto.

De repente, notó un fuerte golpe en la cabeza que le hizo perder el conocimiento. Los musulmanes que le encontraron no se explicaban cómo había podido acceder al recinto. Vieron la puerta por la que entró. Les constaba que aquella entrada estaba cegada desde la otra Mezquita. Las personas de aquel lugar podían salir al exterior por accesos ocultos en las proximidades de La Mezquita y moverse por la ciudad con normalidad.

Cuando despertó no recordaba nada. Tenía un intenso dolor en la cabeza. No sabía quién era ni dónde estaba. No podían permitir que un extraño revelase su lugar sagrado por lo que decidieron darle periódicamente un brebaje que le producía amnesias temporales. Con el tiempo, conseguirían que su mente olvidase, al menos, cómo había llegado hasta allí. Lo adoctrinarían para que fuera uno más de ellos.

Los recuerdos de un mundo distinto emergían en sus sueños. Cuando despertaba y recordaba aquellas imágenes, le producía ansiedad y confusión. Lo hablaba con los musulmanes, los cuales le quitaban importancia. Le ocultaban la existencia del mundo exterior por temor a que les delatase. Hasta que no fuese como uno de ellos y con la ayuda de la amnesia inducida, no le explicarían que el mundo de sus sueños era real y entonces, podría reencontrarse con él, pero ya con otros ojos.

La enfermera

Se había roto la pierna en un accidente de moto y aunque portaba casco el impacto con el suelo fue duro. Tuvo la mala suerte que el coche no lo vio cuando salió del callejón y ahora guardaba reposo obligado en el hospital. Pasaría pocos días allí si el examen neurológico no evidenciaba algún tipo de lesión. Su pareja estaba con él. Estaban muy enamorados. Llevaban poco tiempo y ella sufría igual o más que él por su situación. Él estaba consciente y aparentemente lúcido así que no había razones para preocuparse en exceso.

El personal de la planta era por lo general muy amable. Salvo alguna excepción, todos derrochaban simpatía y hacían su trabajo por vocación. La enfermera que le asistía era una chica con facciones dulces. No era especialmente guapa y tampoco iba muy maquillada como el resto de compañeras. Sin embargo, destacaba porque era muy cuidadosa en su trabajo y atendía a los pacientes con especial atención. Él desde el primer momento que la vio quedó impresionado. No se daba cuenta de qué forma la miraba. Simplemente se quedaba embobado y sin poder apartar la mirada. Su novia lo captó desde el primer momento y no le dio importancia la primera vez que sucedió.

Pero conforme fue pasando el tiempo y observaba a su novio con los ojos en la enfermera comenzaron a removérsele muchas cosas dentro. Cuando la chica se iba ella no le reprochaba nada. Ni la más mínima mención. Se comportaba con él con cariño y devoción, como siempre lo hacía, y él de igual forma con ella. Nada cambió entre ellos. Él la quería como nunca había querido a nadie, pero parecía no ser consciente de su comportamiento con la enfermera. Aquel rostro le inspiraba sentimientos de ternura, cual ángel bajado del cielo para atenderle y cuidarle. Ella notó al instante cómo la observaba, pero en ningún momento se sintió molesta ni incómoda. Hacía su trabajo rutinario, y trataba a todos los pacientes de igual manera. Sin embargo, notaba cómo la mirada de la novia la atravesaba como un rayo láser. Su rostro lo decía todo.

Cuando volvía a su casa, en el momento de acostarse no hacía más que darle vueltas a la cabeza. Empezó a dudar si su novio la quería realmente. La semilla de la inseguridad, que apareció de la noche a la mañana en su interior, no la dejaba conciliar el sueño. Tenía pesadillas y amanecía por las mañanas con ojeras muy marcadas.

Ella adoraba a su novio. El temor a perderlo le atenazaba el corazón. Pensaba que quizás lo había descuidado, que era culpa suya que no tuviese toda su atención. El hecho que se fijara en otra mujer era una señal que algo no andaba bien. Pero cuando estaba con él en el hospital no notaba ningún cambio de trato con ella. Era igual de cariñoso y dulce como siempre. Frente a frente sus miradas se encontraban y sus pupilas se expandían para captar mejor todo lo hermoso y bello del interior de cada uno. Así había sido desde que se conocieron y eso no había cambiado. Aquello disipaba sus dudas como cuando el cielo azul se abre paso entre nubes oscuras y no deja ni rastro de ellas. Solo las breves visitas de la enfermera la turbaban porque su novio quedaba idiotizado ante su presencia.

Para calmarse se decía que solo serían unos días de hospital. Que aquello iba a ser pasajero y luego todo volvería a la normalidad. Pero la visita del médico derribó sus esperanzas como un castillo de naipes. Les informó que las pruebas no eran concluyentes y era aconsejable que permaneciera en el hospital unos días más para realizar más exámenes. Aquello la preocupó doblemente. Su novio podía tener algún daño cerebral y pasar más días en aquella habitación se le iba a hacer eterno.

Con el transcurrir de los días era inevitable que algo cambiara. Lo notaba en su mirada. Había cariño, pero no era igual que antes. Quizás era su inseguridad la que le hacía pensar aquello. Los celos hicieron su aparición. Ella confiaba plenamente en él y nunca había tenido dudas de sus sentimientos. Si la presencia de la enfermera ya le era desagradable y lo denotaba inconscientemente, ahora aquel sentimiento se hizo más fuerte y evidente. Hasta el trato que dispensaba a su novio cambió. Del amor incondicional pasó a pequeños reproches, sutilmente lanzados como dardos.

Las sombras de los celos ennegrecieron aún más sus noches. Lloraba desconsoladamente hasta quedarse dormida. No podía con aquella situación. Tampoco quería hacerle una escena a su novio. No quería perjudicarle en su recuperación.

—¿Es que no se da cuenta cómo sufro cuando mira a esa zorra? Ya no me quiere. Se fue la magia —pensó.

Recordaba el tiempo que habían pasado juntos antes del accidente. Lo felices que eran. Y ahora todo aquello había desaparecido.

—No es justo —la frustración la martirizaba.

Odiaba la moto, odiaba al conductor que lo arroyó y sobre todo odiaba a aquella…

Aquel día entró a la habitación con otro talante. Se la veía relajada. Ni pizca de la quemazón que le atormentaba los días anteriores. Le dio los buenos días a su novio con la mejor de sus sonrisas. Hasta él notó el cambio en su semblante.

—Cariño ya mismo sales de aquí y todo volverá a la normalidad. A ver qué dice el médico hoy.

—Sí, yo también tengo ganas de salir de aquí. Creo que me encuentro mejor. El dolor en la cabeza ha desaparecido. Y lo de la pierna solo es cuestión de tiempo.

La puerta de la habitación se abrió y entró la sanitaria. El rostro de él evidenció su disgusto. No era su enfermera de siempre.

—Buenos días. ¿Qué tal nos encontramos hoy?

—Bien, bien… —dijo él sin mucho entusiasmo.

—Hoy vendrá el doctor a media mañana. Espero que le dé buenas noticias.

—Sí, ya tengo ganas de salir de aquí.

—Perdone, ¿y la otra enfermera que me ha estado atendiendo estos días? ¿No viene hoy?

—¿Rosario? Bueno, no vendrá al trabajo durante algún tiempo —dijo con tono serio—. Ha tenido un accidente. Esta mañana, temprano, un coche la atropelló y está en la UCI. Al parecer el malnacido se dio a la fuga. No entiendo cómo puede haber gente tan desalmada.

El rostro de él demostró espanto y quedó mudo. Su novia lo observaba y en sus pensamientos solo cabía la esperanza y la convicción que recuperaría su amor y todo sería como antes.

La casa de los furtivos

—¿Qué tal el trabajo Paco?

—Lo de siempre. Sin novedad en el frente. Bueno sí, hoy se han incorporado un par de ingenieros. A ver qué tal se adaptan a la disciplina del cuartel.

Paco era sargento de Regimiento de Infantería, en un batallón de Carros de Combate. En el cuartel era conocido por su carácter duro y exigente. Como debe ser un sargento que se precie, según su forma de pensar.

Su mujer Olga, ama de casa, tenía debilidad por todo lo relacionado con el ejército. No era de extrañar que acabara con un militar. Tenían un único hijo de 16 años, Carlos. En plena adolescencia, lucía cuerpo escultural, carne de gimnasio, suplementos vitamínicos y batidos de proteínas.

Durante la comida de aquel día, las noticias en la televisión informaban de pactos entre partidos políticos, anticipo de una nueva legislatura. En el argumentario del partido Vox, la lucha contra los derechos y beneficios concedidos al colectivo LGTB. Era el único partido que tenía prejuicios contra las personas de distinta orientación sexual.

—Esa panda de maricones y tortilleras, no hacen más que generar mala influencia en los críos. Por eso se ven cada vez más por las calles, besándose sin pudor y escandalizando a la gente normal. Se me revuelve el estómago. Esto no tiene remedio. Parece que hubieran salido del armario todos al mismo tiempo.

—No hables así delante del niño. No hacen ningún mal. También tienen derecho a pasear y expresar libremente sus sentimientos.

Carlos comía y callaba. Atento también a las noticias, pero sin opinar. Los padres no sabían si su hijo tenía novia. Tenía su grupo de amigos, chicos y chicas. Era de carácter reservado y no soltaba prenda. Imaginaban que tendría loquitas a las adolescentes porque era muy coqueto. Cuidaba muy bien su vestimenta y estaba en forma.

Un día, Carlos se encontraba en la ducha y la madre entró en su habitación para ordenar un poco. Si cuidadoso era Carlos en su aspecto en la calle, lo contrario era en la casa. Su habitación era una jungla de ropa y trastos de todo tipo. No tenía ninguna intención de reeducarse mientras la madre lo consintiera en ese aspecto. De repente, el móvil del chico empezó a sonar. No sabía si llevárselo al baño y mientras se decidía o no, paró la melodía. A continuación, llegó un mensaje. Sin querer leer, pero leyendo, se quedó desconcertada por el texto:

"Carlos, soy Julio. ¿Dónde te metes? Ayer me lo pasé muy bien. Me encanta como besas y el polvo que echamos de los mejores en mi palmarés. Te echo de menos"

Olga se retiró a la cocina y no dijo nada a su hijo cuando se cruzó con él en el pasillo.

Al siguiente día, arreglando su dormitorio, fue a colocar la ropa recién lavada en el armario. Retiró la pistola de su marido que descansaba sobre unas toallas y al depositarla encima de una cajonera topó con el lateral del armario. Se produjo un sonido hueco que la sorprendió. Resultaba extraño que un armario hecho de aglomerado sonara de esa manera. Tocó con los nudillos en los otros paneles y el sonido era sordo. Cogió su móvil y con la linterna ilumino la zona donde estaba la pistola. Observando con atención encontró una pequeña hendidura. Con el dedo índice intentó tirar, pero no consiguió nada, así que buscó un destornillador con el que pudo soltar el falso lateral. El hueco era bastante grande y cobijaba una bolsa de plástico con cosas dentro.

La cogió y se sentó en la cama para inspeccionar su interior. Comenzó a sacar objetos: Pelucas de varios colores, pestañas postizas, barras de pintalabios, ropa interior de mujer, set de maquillaje, un par de vestidos, zapatos de tacón... Halló también un libro, no muy grueso, titulado "Soy hombre, pero me siento mujer".

No podía creerlo. Su marido se convirtió de repente en un extraño. Creía conocerle y aquello era inimaginable. Se le cruzaron varias ideas por la cabeza. Quizás fuera de una fiesta de disfraces. Pero ¿por qué iba a esconderlo? Y el libro... ¿Cómo era posible fingir algo así durante tanto tiempo y ella no haberse dado cuenta? Quizás tenía doble personalidad. Ya no sabía qué pensar.

Volvió a guardar las cosas en la bolsa y lo dejó todo tal cual lo encontró.

—Hola guapa, ¿qué tal la mañana?

—Bien, hace un rato que terminé de arreglar el dormitorio y luego me he relajado un poco en el sofá.

Al rato llegó el hijo. Los tres estaban sentados en la mesa del salón, en el almuerzo, viendo las noticias. Era el día del Orgullo y emitían imágenes de la concentración. Miles de personas se manifestaban por las calles. Autobuses llenos de gente bailando al ritmo de la música, con vestimenta de lo más variopinta, algunos en actitud provocativa y hasta exhibicionista. Las imágenes del telediario mostraban actos reivindicando sus derechos y conciertos de música con artistas conocidos.

—Mira a esos degenerados. Vaya pintas. En ropa interior, besándose descaradamente. Y lo peor es que se lo permiten las autoridades. Si cualquier persona saliera con esas fachas por la calle, rápidamente le caería una denuncia por escándalo. Pero claro, en una manifestación de ese tipo hacen la vista gorda. Los políticos, todos a favor, por su puesto, que luego les pasan factura sus votantes ante cualquier comentario crítico. Tolerancia cien. Lo peor es que cada vez hay más. Es una epidemia. Se multiplican como chinches.

—Deja de decir barbaridades, Paco. Es una manifestación pacífica. Vale que tienen pintas raras, pero solo quieren llamar la atención. En su día y su intención es hacer el mayor ruido posible.

—Mamá, papá. Quiero decirlos algo —saltó el hijo, sorprendiendo a ambos. Los padres giraron la cabeza hacia Carlos.

Tragó saliva y su corazón se puso a cien. Tenía que liberarse de aquello que había ocultado tanto tiempo.

—Soy gay. Estoy saliendo con un chico y me va muy bien con él.

Tras unos segundos de silencio incómodo, habló el padre con la cara blanca como la leche.

—¿Qué eres qué? —dijo furibundo.

—¡Tranquilízate Paco!

—¿Pero has oído lo que ha dicho?

La sangre le inundó la cara, pasando de estar pálida a enrojecida. El volcán estaba a punto de hacer erupción.

—¿Cómo has podido engañarnos de esa manera? Yo no te he educado para que nos salgas ahora con algo así —Pegó un puñetazo en la mesa haciendo vibrar los cubiertos y zarandear las bebidas en los vasos.

—¡Te voy a poner derecho yo a ti!

Se levantó bruscamente, haciendo caer la silla hacia atrás. Se fue para su hijo con actitud amenazadora. Carlos era más alto que él y aunque fuerte, no lo era tanto como su padre, de complexión robusta. Lo cogió de la pechera y empezó a soltar exabruptos.

—Deja al niño en paz. ¡No seas animal!

—¡Quita! Aún no es tarde para enderezar a esta nenaza.

—¡Te digo que lo dejes!

El marido soltó un brazo hacia atrás para apartar a la mujer que intentaba separarlo del hijo. La mano le golpeó el rostro haciéndola sangrar por la nariz. La mujer se retiró llorando con la mano en la cara y se dirigió al baño. Escuchaba alterada el jaleo de la trifulca en el salón. El hijo no se amilanaba y se defendía como podía, soltando tarascadas contra el padre.

No tardó la mujer en aparecer en el salón con una bolsa en la mano, con la que comenzó a golpearle en la cabeza al marido.

—Déjalo ya, ¡cabrón!

Una y otra vez le daba con la bolsa, pero al marido no se separaba del hijo, haciendo volar mamporros.

—¡Deja de fingir de una vez! —estalló la mujer en un grito de desesperación, estrellando una última vez la bolsa sobre el marido. Esta reventó y su contenido se esparció por el suelo.

Aquello sorprendió al marido que paró de inmediato. Su mirada incrédula se quedó clavada en el suelo, observando aquellos objetos que parecían no tener que ver con él, pero reconociéndolos vagamente. Algo en su interior le decía que eran suyos. Su otro yo, aletargado, eclipsó al violento marido y se activó como cuando alguien acciona un interruptor.

—¿Qué hace mis cosas en el suelo? ¿Qué ha ocurrido? ¿Por qué me miráis así?

Colegas

Adán vagaba por el campo y cuando divisaba a alguien se escondía, esperando a que pasara. Ya había tenido muchos encuentros desagradables. Todos salían huyendo horrorizados o se le enfrentaban maldiciéndolo.

—¡Lárgate al infierno de dónde has salido! ¡Aquí no te queremos!

La vida era un suplicio de soledad y rechazo. Desde que fue consciente de su origen, hasta él mismo se horrorizó y maldecía a su creador. Paradójicamente le atraía la belleza de la naturaleza: el arroyuelo de agua cristalina, con las hojas muertas viajando sin rumbo, o un pequeño pajarillo sobre la rama de un árbol, trinando con notas armoniosas que parecía verlas flotar. Solo los animales parecían no repudiarle. Se preguntó si no tendría más de animal que de hombre. El pajarillo se posó en su hombro y el leve contacto de las patitas finas le llenó de gozo.

Él era inteligente, le gustaba leer y tenía el don de la comprensión, de lo que carecía aquel hermoso pajarillo. Pensaba que aquel pequeño ser, en su simpleza, quizás fuera más feliz que él, sin rencor ni preocupaciones. Él, sin embargo, alimentaba a diario la caldera del resentimiento en su interior, amenazando explotar y desolar todo lo que hubiera alrededor. No, aquello no era vida. Y si él era desgraciado, no permitiría que su creador se fuera de rositas.

En esos pensamientos estaba cuando notó un tortazo en el cogote. Su cabeza apenas si lo sintió, pero el sonido que produjo, cualquiera hubiera pensado "Eso duele".

Se giró, pero no había nadie. Siguió caminando y de nuevo otro tortazo, esta vez acompañado de risotadas. Se volvió de nuevo sin poder ver al bromista.

—¿Dónde vas tan apesadumbrado, cosa fea? —escuchó.

Se sorprendió de las palabras, sin boca que las emitiera.

—¿Qué me pasa? ¿Estoy alucinando? —se dijo.

—¿Eh, tú? ¿Es que no tienes lengua?

—Sal de tu escondrijo, ¡cobarde!

—Ja, ja, ¿Tan ciego estás que no me ves?

Comenzó a dar vueltas, dando manotadas al aire en todas direcciones hasta que topó con algo.

—¡Ayyy! ¡Animal! ¡Que me vas a hacer saltar los empastes!

—¿Qué eres? ¿Un fantasma? ¡Déjate ver de una vez!

Tras unos instantes, salió tras el tronco de un árbol una persona, o algo parecido. Tenía la cabeza cubierta con gasa. Llevaba gafas oscuras y un hueco por boca.

—¿Qué tal? Me llamo Griffin, ¿y tú?

—Yo, Adán. ¿Qué te pasa en la boca? ¿El gato te ha comido la lengua y sus alrededores?

—Muy gracioso. Es una larga historia. ¿Y tú? ¿Por qué eres tan feo?

—Como te sacuda, igual te quedas también sin sesera.

—¡Tranquilo hombre! La franqueza es mi perdición. No me lo tengas en cuenta.

—Bueno ¿Y no te han dicho que es de mala educación hablar con gafas de sol, y más cuando estamos a la sombra?

—Griffin se quitó las gafas y asomaron un par de agujeros.

—¡La leche! ¡Estás hueco o qué?

—Sí, literalmente, cuando estoy vestido. Verás, mi problema es que soy invisible. Era científico y tenía la ilusión de conseguir la invisibilidad de las cosas. Practiqué conmigo mismo, pero por mucho que lo intenté, no supe revertir el proceso. Y aquí me ves, o no, ja, ja.

—Y yo quejándome de lo mío. No quisiera estar en tu lugar. Aunque pensándolo bien, igual estaría bien. Así pasaría desapercibido.

—¿Por qué dices eso?

—Verás, soy como un muerto viviente. Técnicamente me hicieron de carne muerta. Mi creador tuvo ese capricho. Pero sin mucho gusto, ya ves. Ahora todo el mundo adora estar lejos de mí.

—Bueno, ya ves que yo no huyo. Me caes bien. Tú y yo podríamos hacer grandes proezas.

—¿Como qué?

—Pues, trucos de magia. Por ejemplo, me subo en tus hombros y abro un paraguas. Un efecto sorprendente. Quizás en algún circo. En ellos suele haber gente especial, como tú y yo, con habilidades y esas cosas.

—No es mala idea. Pare ser alguien sin sesera se te ocurren buenas ideas.

—No te equivoques. No solo existe lo que se ve.

Así partieron en busca de algún circo donde poder trabajar y les aceptaran como eran. El hecho de haber encontrado una amistad, le hizo olvidar sus deseos de venganza. Las casualidades no existen. Las cosas ocurren por algo. Y si cada niño nace con un pan bajo el brazo, quizás él también vino al mundo con un buen pan cateto bajo el suyo, ya que nació crecidito.

No tardaron en encontrar un circo donde les contrataron para hacer números de magia. En el circo trabajaban personas con deformidades terribles y otras con cualidades inverosímiles. Allí Adán se sintió uno más. Encontró lo más parecido a una familia y un hogar. Con su amigo Griffin, la vida se tornó dichosa. Gracias a ese encuentro, o desencuentro, según se mire, encontró su camino y una razón por la que vivir.

Pasó el tiempo y el destino quiso que el circo se desplazase al lugar de residencia de Frankenstein, su creador. Él tenía familia y acudiría al circo con sus hijos para pasar un buen rato.

Aquella noche fue especial. Tras muchos números circenses el maestro de ceremonias presentó el espectáculo de magia de Adán y Griffin. Cuando Frankenstein vio a Adán en la pista, le dio un vuelco el corazón. No podía creer lo que veía. Allí estaba su criatura, su hijo, haciendo trucos de magia. Adán no podía verle entre tantas personas, en la penumbra de las gradas. Se emocionó como un padre que ve a su hijo graduarse o ser alguien en la vida. Se sintió avergonzado por haberle abandonado y una profunda aflicción le estrujó el corazón hasta producirle dolor.

Terminó el espectáculo y la masa de personas salió de la carpa como miel derramada de bote. Cuando Frankenstein y sus hijos lograron apartarse de aquella multitud, preguntó por la caravana del mago.

Llamó a la puerta con los nudillos. Esta se abrió por arte de magia. Desconcertado, se aventuró a entrar con sus dos hijos.

—¿Hola? ¿Hay alguien?

El habitáculo estaba oscuro. Al fondo de la caravana había un espejo amplio con focos de luz y dos sillas. En una de ellas estaba Adán y la otra estaba vacía.

—Papá, ¡tengo miedo!, dijo uno de los niños.

—Tranquilo Carlitos. Vais a conocer a alguien muy especial.

La puerta se cerró sola tras ellos. Los niños pegaron un respingo y se agarraron fuerte a su padre. Adán se giró y su mirada quedó fija en la de Frankenstein. Tras unos segundos de silencio, Adán dijo:

—¡Padre!

—¿Sabes hablar? —dijo su creador.

—Hablar, leer, escribir y muchas otras cosas. Hiciste un buen trabajo dotándome de inteligencia. Pero tú no podías saberlo porque me abandonaste asqueado. Y llegaste más lejos aún. También puedo sentir, como cualquier persona.

El rencor, tiempo atrás enterrado, afloró como un cardo, dañándole las entrañas. Su ira aumentaba por momentos.

—Griffin, ¡no hagas nada!

—¿Cómo? —dijo el padre sin saber a quién se dirigía.

—¿A qué has venido?

—Cuando te he visto en la pista, me he sentido muy mal, pero al mismo tiempo te miraba con orgullo de padre.

—¿Orgullo? Todo lo que sé lo he aprendido por mí mismo. Tú no has hecho nada, solo darme la vida ¿Abandonarías a tus hijos como hiciste conmigo? ¿Acaso yo no necesitaba educación y cariño? Me arrumbaste como a un perro en la cuneta.

El padre, herido por los dardos de reproche, no tardó en derrumbarse.

—Perdóname. Estaba asustado. No conocía el alcance de mi creación. No pensé que pudieras, si acaso, ser inteligente.

Dio unos pasos precipitadamente hacia Adán y le abrazó, sollozando como un crío, avergonzado y arrepentido de su inquina. Los hijos le miraban atónitos cómo su padre abrazaba a aquel monstruo.

Adán se sorprendió de la reacción del padre. No sabía qué hacer. Nunca le habían abrazado. No sabía qué era aquello. Pero sí que su padre lloraba y sufría. Esos sentimientos los conocía muy bien. Le imitó en el gesto y lo abrazó a su vez.

¡Ya lo tengo!, pensó. Ahora le estrujaré y reventaré como un globo de agua. Y así lo hizo. Apretó y apretó, rechinando los dientes de rabia y emitiendo gruñidos salvajes. Pero sus brazos estaban paralizados. Un sentimiento nuevo dentro de él cortocircuitaba las órdenes del cerebro.

—¿Qué me pasa? ¿Por qué no puedo matar a este desgraciado?

Fue entonces cuando todo el dolor y rencor acumulado se esfumó como si nunca hubiera existido. Sintió una paz interior que le reconfortó y le permitió disfrutar de aquel abrazo fraternal que nunca recibió de su padre.

Frankenstein se apartó de él en silencio y fue con sus otros hijos.

—Nunca lo olvidaré —dijo Adán—. Y ahora, vete con tu familia, que yo seguiré mi camino.

El padre se dispuso a salir y unas manos invisibles abrieron la puerta.

68

—Hiciste lo correcto, dijo su amigo.

La hormiga y la cigarra

(Adaptación de la fábula de Esopo)

Eran días de verano. El campo lucía lozano y el ambiente caluroso lo amenazaba el concierto chirriante de las cigarras. El cielo de un impoluto azul, rasgado por rayos de luz que calentaban la tierra, obligaba a los habitantes del prado a refugiarse a la sombra de los sembrados o adentrándose en el bosque. En él discurría agua fresca por algún riachuelo que aparecía y desaparecida entre musgos, hierbas y ramas secas.

En aquella arboleda frondosa y fresca en su interior, vivía Gustavo, una cigarra como mucho arte. Guitarra en mano, cantaba sin parar, con la alegría de quien disfruta sin hacer nada y echa sus traguitos de rico vino de bota a cada rato. Si apacible era la bebida, más lo era el sonido de las cuerdas de su guitarra, que tocaba con maestría. Día tras día, en su ritual de cante, vino y siesta, disfrutaba de aquel verano que otros, más afanosos, dedicaban a recolectar comida para cuando llegase el tiempo hosco y duro, con nubes sucias de lluvia y viento gélido. Gustavo miraba a las hormigas, muy trabajadoras e incansables, dignas de admiración de todos sus vecinos, menos para él, que las veía sudando la gota gorda, cargadas con granos de trigo y otros frutos silvestres. De un brinco se acercó a la caravana que enfilaba hacia el tronco de un árbol enorme, hogar también de pajarillos, ardillas y otros muchos animales e insectos.

—Hola, ¿cómo te llamas?

—Clarisa —respondió una hormiga.

—Yo Gustavo. ¿Quieres cantar conmigo? Así descansas un poco y continúas luego con más fuerzas tu tarea.

—No puedo abandonar el grupo. Tengo que trabajar como mis hermanas. ¿Tú no trabajas?

—No. Prefiero tumbarme a la fresca, contemplar el cielo azul, tocar mi guitarra y echar un traguillo de vez en cuando.

—¡Qué bien vives! Bueno, no puedo entretenerme. Tengo que seguir trabajando. Hasta luego.

—Hasta luego.

Un búho sobre la rama de un árbol observó la escena con sus ojazos vidriosos y serenos. Gustavo se retiró contrariado por la negativa de la hormiga a acompañarle en su asueto permanente. El ave tomó impulso y abrió sus enormes alas desplazándose a donde se encontraba la cigarra, para intercambiar unas palabras.

—¿Por qué no haces como las hormigas? Ellas son previsoras y guardan comida para cuando lleguen peores tiempos.

—No está en mi naturaleza trabajar de esa manera. Yo disfruto del momento. La vida es bella y cantar me alegra el corazón. Que del futuro nadie sabe, pero el presente, de cada uno depende disfrutarlo.

—Sabias palabras cigarra. Sin embargo, piensa que el futuro será tu presente de entonces, y quizás no puedas disfrutarlo si no tienes qué llevarte a la boca. No siempre encontrarás el bosque de esta manera para tu disfrute.

—¿Por qué no haces algo de provecho? (*)

El búho alzó el vuelo hacia su árbol, giró la cabeza y cerrando los ojos, echó una cabezadita.

Las palabras del búho dieron qué pensar a Gustavo.

—Quizás tenga razón. Pero echando un trago, apagó la pequeña llamita de sensatez que había conseguido encender el búho en él.

El sol matutino surgió del horizonte. El rocío de la noche dejó impregnadas las flores y hojas de árboles con gotas frescas. El sol se reflejaba en ellas, produciendo una constelación de soles. Miles de puntitos blancos destellaban. Los pájaros se desperezaron y comenzaron su cante matinal, volando en busca de comida. El bosque fue cobrando vida. Las hormigas afanosas ya habían comenzado su jornada.

Al medio día, Gustavo improvisaba nuevas canciones y pasaba el tiempo disfrutando del sonar dulce de su guitarra. Vio aparecer a las hormigas del día anterior y fue corriendo a saludar a Clarisa.

—Hola de nuevo. ¿Qué tal?

—Aquí, trabajando, como de costumbre.

—¿Te importa si te acompaño y amenizo tu tiempo con mi música?

—Como quieras.

Gustavo encantado, comenzó a tocar canciones ligeras y alegres. A Clarisa le gustó aquello. Escuchándole, no se le hacía tan pesada la carga y apenas se cansaba, entretenida como estaba. Al igual que ella, sus compañeras sonreían al escuchar a Gustavo. A alguna se le contagiaba la letra, intentando seguir a la cigarra.

Gustavo empezó a tocar La Macarena…

"Dale a tu cuerpo alegría Macarena

Que tu cuerpo es pa' darle alegría y cosa buena

Dale a tu cuerpo alegría, Macarena

Eeeeeeh Maaacaarena, Aaaayy!!!"

Las hormigas, con el ritmo pegadizo en el cuerpo, comenzaron a contonearse, haciendo la marcha más ligera y el trabajo menos pesado. Al unísono, todas acababan la estrofa con alegría:

"Aaaayy!!!"

Llegó el final del día, y las hormigas se dieron cuenta de que la compañía de la cigarra les había hecho bien. Habían sido más productivas y recolectado casi el doble de lo habitual, gracias a la música amena de Gustavo.

A él también le agradó compartir sus canciones con sus nuevas amigas, las hormigas. Cada día, cuando veía asomarse la fila cargada con comida, se acercaba y se saludaban entre risas y bromas. De nuevo cantando, transcurría la jornada, y cómo no con "La Macarena" como canción estrella.

La música tenía la magia de hacer pasar el tiempo más rápido. Hasta el verano parecía haberse contagiado del ritmo pegadizo de las canciones de Gustavo y los días transcurrían veloces. Las mañanas eran cada vez más frescas. El sol ya no calentaba tanto y llegaron las nubes cargadas de lluvia. El frío hizo acto de presencia, y si corría viento, se hacía gélido.

Las hormigas teniendo sus despensas llenas de comida para soportar el largo invierno, decidieron que ya era hora de descansar. Gustavo, seguía con su vida tranquila, pero el frío le atenazaba los dedos de las manos y tocar la guitarra se le hacía duro. Así, continuó canturreando, pero ya no con tanta alegría. Tan sola su bota de vino le daba fuerzas y calor para poder sobrellevar el mal tiempo.

Hacía días que no veía pasar la fila de hormigas. Se preguntaba si les habría ocurrido algo o quizás ya no necesitaran trabajar más. Se había acostumbrado a su compañía y las echaba de menos. Los días transcurrían más lentos. El frío le estaba haciendo mella. Evitaba abrir la boca y ya solo tarareaba.

El bosque quedó más triste y sombrío. El movimiento de animales se redujo al mínimo. Llegaron las primeras nieves. Las hormigas hacían vida de hogar. A la luz de la candela, pasaban los días de invierno calentitas, jugando al parchís o a las cartas. Los juegos de mesa sustituyeron los días de trabajo. Ahora les tocaba a ellas disfrutar.

No supo por qué razón, emergió el recuerdo de Gustavo en la memoria de Clarisa y se preguntó por dónde andaría. Echaba de menos su compañía. Las hormigas vivían plácidamente, en un ambiente tranquilo. A veces se hacía pesado tanta calma y aunque se divertían con los juegos, resultaba monótono.

Clarisa cogió un abrigo y salió fuera. A poca distancia de su hogar, observó un bulto oscuro, casi cubierto por completo de nieve. Era Gustavo. Estaba entumecido por el frío. Los ojos cerrados, en posición fetal, abrazado a su guitarra, su posesión más preciada. La protegía del frío, como si tuviera vida. Era su fuente de alegría.

Clarisa volvió corriendo a su madriguera temiendo que fuera demasiado tarde. Avisó a sus hermanas y todas corrieron para alzar a la cigarra y meterla en su hogar. Gustavo parecía sin vida. No reaccionaba a los zarandeos y griterío de las hormigas para que despertase. En el interior de Gustavo, aún quedaba una brizna, un último halo de vida, quizás del tamaño de una semilla como las que transportaban las hormigas en verano y llenaban sus despensas. Al calor del hogar, el cuerpo de la cigarra fue calentándose. La capa de muerte que había dejado el de la guadaña sobre él, fue deslizándose suavemente hacia el suelo. Sus ojos intentaban abrirse, con un ligero temblor, que para él le suponía un enorme esfuerzo, tan débil se encontraba. Las hormigas le trajeron comida y un poco de vino, para que el calor le hiciera también efecto desde dentro.

En pocos días, recuperó el peso perdido y el ánimo que le caracterizaba. Gustavo no sabía cómo agradecer a las hormigas su ayuda.

—No tienes por qué agradecernos nada. Cualquiera hubiera hecho lo mismo en nuestro lugar. Además, gracias a ti, nuestras despensas están más llenas que otros años e hiciste que nuestro trabajo fuera más liviano.

Gustavo pasó el invierno con las hormigas. Con sus canciones alegró aquellos largos días tan anodinos para sus amigas.

Así fue como la cigarra y las hormigas pactaron trabajar en equipo. Cada uno haciendo lo que sabía hacer. Gustavo con sus canciones se ganó un hogar donde pasar el invierno y las hormigas trabajando y mejorando su rendimiento, al ritmo de La Macarena, ¡¡¡Aaaaaay!!!

Moraleja (*):

Aunque seas una persona muy cerrada y los consejos te entren por un oído y te salgan por el otro, no te preocupes. Algo queda por el camino.

Instagram

Julio era muy aficionado a la fotografía. Como muchos otros jóvenes, y no tan jóvenes, tenía una cuenta de Instagram donde publicaba sus imágenes. Después de varios años viendo infinidad de fotos se le ocurrió pensar que aquella red social era el escaparate perfecto para gente en busca de notoriedad, postureo y hasta pareja. Una oportunidad para personas normales de posar como modelos de revista, en un espacio público. Y también, por supuesto, para aficionados a la fotografía y grupos de amigos o familiares, para compartir sus vivencias. Él mismo tenía amistades virtuales y reales en la aplicación.

En esas elucubraciones se encontraba, con el móvil en la mano y viendo fotos de Instagram, cuando una fotografía le llamó poderosamente la atención. Era una imagen otoñal de un bosque, con un camino repleto de hojas ocres. Un pequeño riachuelo discurría al margen, y a lo lejos se divisaba una ciudad de un blanco que producía un fuerte contraste con el paisaje. Troncos de árboles retorcidos y grandes ramas caídas en el suelo daban al ambiente un toque bucólico. La imagen había sido publicada el día anterior y la ubicación indicaba Rusia.

Comenzó a hacer zoom con los dedos. Conforme la aumentaba, la imagen lo engullía más y más, y llegó un punto en que tuvo la sensación de que estaba en aquel lugar y no en su sillón. Más que una sensación fue una realidad. La imagen se lo había tragado por completo y lo había transportado al bosque.

El shock lo dejó paralizado. El ambiente era frío, pero el sonido del bosque, el ulular del viento y el canturreo de los pajarillos le calmaron. Quedó tan maravillado del lugar que se dejó llevar. Ya pensaría más tarde cómo volvería a casa.

Siguió el sendero en dirección a la ciudad. Las ramitas y hojas secas crujían bajo sus pies. Por momentos, la cantidad de hojas era tanta que perdía de vista sus zapatos, como si estuvieran sumergidos en un mar ocre. Tenía que aligerar el paso y buscar cobijo, pues estaba anocheciendo y la temperatura bajaba rápidamente.

No tardó en encontrar una cabaña. Tocó en la puerta, pero la pequeña casa de madera parecía estar vacía. La empujó insistentemente sin éxito. Tenía los dedos apelmazados del frío y si no lograba entrar no sabía si podría soportar aquella gelidez.

Se apartó un poco de la puerta y abalanzándose sobre ella, echó todo el peso de su cuerpo, logrando hacer que cediera. La cerró y echó un vistazo rápido. Apenas entraba luz por la ventana y activó la linterna de su móvil. La cabaña estaba bien acondicionada. Tenía todo lo necesario para pasar varios días tranquilamente: una pequeña cocina de gas, sillas y una mesa. Sobre la chimenea colgaba una cabeza de arce disecada, con los ojos vidriosos, y que en aquella penumbra le impresionó sobremanera. En la repisa, había fotos de familia. Todo estaba bastante limpio. Daba la sensación que los dueños iban a menudo.

Cogió leña de un cesto de mimbre y encendió la chimenea para entrar en calor. Pensó en su situación, en cómo había llegado hasta allí. No podía creerlo, pero allí estaba y era real. La cabaña se caldeó y la modorra se adueñó de él.

Cuando despertó, el hocico frío de un rifle de doble cañón le presionaba la nariz. Sobresaltado levantó las manos instintivamente.

—¿Qué hace usted en mi cabaña? —le dijo en ruso un hombre corpulento y de facciones duras, en tono amenazante.

Él no entendió nada y solo se le ocurrió decir:

—Do you speak English?

Una voz femenina detrás de él respondió en inglés.

—Yo sí.

Giró la cabeza sin bajar los brazos, para ver quién había contestado. Era una chica rubia, de pelo corto, con mejillas moteadas de pecas. Su rostro era amplio, con grandes ojos azules y labios finos. Rondaba los veinte, como él.

—Disculpad. Me perdí en el bosque y tuve que entrar en vuestra cabaña si no quería morir de frío —. Dijo él, con el corazón aún acelerado por la impresión del rifle.

—Entiendo. Papá, baja el arma. No es peligroso. ¿De dónde eres?

—De España. Quisiera volver a mi casa, pero sin ayuda me va a resultar difícil.

—¿Quieres comer algo? Debes estar hambriento.

—Ah, pues muchas gracias. Te lo agradezco.

La chica preparó unas tostadas con mantequilla y le calentó un vaso de leche. El padre, sin embargo, estaba intranquilo, no tanto por el hecho que un desconocido hubiera allanado su cabaña sino porque se le salían los ojos mirando a su hija. Al menor indicio de coqueteo le patearía hasta alejarle de su pequeña.

—¿Aquí tienes cobertura? Mi móvil me resulta inservible sin internet.

—Sí, aunque poca. Estamos bastante lejos de la ciudad.

—¿Cómo te llamas?

—Anastasia.

—Encantado. Yo Julio. ¿Tienes Instagram? Lo uso a menudo.

—Sí, claro. ¿Quién no tiene Instagram? Dime tu usuario.

—Soy @jonaumaes, y ¿tú?

—Yo @blueyes

—Ah, interesante. Por tus ojos, ¿no? —La chica soltó una carcajada.

—Eres muy avispado. Se burló.

Él se contagió de su hilaridad y dijo entre risas:

—No tanto, pero al menos te he hecho reír.

Los ojos de ambos jóvenes chispeaban y el padre de la chica, sin entender palabra, rugía por dentro.

—Demos un paseo y te enseño cómo es este sitio. Papá, vamos a dar una vuelta. Volvemos enseguida.

El padre dijo algo en ruso con cara de preocupación. No le gustaba nada que su hija se fuese con un desconocido, aun sabiendo que le había enseñado bien a defenderse y conocía el bosque como la palma de su mano.

—¿Cómo has llegado hasta aquí? —dijo ella sin poder contener su curiosidad.

—Es algo increíble. Estaba viendo una foto de este bosque y empecé a hacer zoom. De repente me vi en este lugar sin apenas darme cuenta.

—Ja, ja, ja. Eres muy ingenioso inventando historias —. Dijo ella sin poder contener la risa.

—Sí, es cierto. Hablo en serio. Te llevaré adonde vi la foto. Creo que era por ahí.

En poco tiempo llegaron al sitio exacto donde él apareció el día anterior.

—Este es el lugar.

—¿Aquí? Yo hice una foto ayer en este mismo sitio y la subí a Instagram. Creo que la fotografía que viste era la mía.

—Ja, ja, ja. Ahora eres tú la bromista. A ver, enséñame la foto.

—Mira, esta —. Le dijo enseñándole el móvil.

—Es verdad, es tuya. ¡Qué casualidad! —dijo él sin poder creerlo.

—Bueno, y ahora en serio. Dime cómo has llegado hasta aquí.

—Te lo he dicho. Ya sé que es difícil de creer. Ni yo mismo termino de explicármelo, pero fue como te dije.

Mientras hablaban continuaron caminando. El pie de ella se apoyó en algo blando. Sin darle tiempo a reaccionar, un agujero tapado por ramas finas y hojas la engulló. Cayó a unos 8 metros. El golpe fue amortiguado por las ramas que cayeron junto a ella y el suelo de tierra húmeda del fondo.

—¡Anastasia! ¿Estás bien? —dijo él preocupado y con el corazón acelerado.

—Sí, solo tengo rasguños. Creo que no me he roto nada.

—Buscaré algo, a ver si te puedo subir. No tardo. Tú tranquila.

Nervioso, buscó alguna rama lo suficientemente fuerte para poder izar a Anastasia y que soportase el peso de su cuerpo. Lo intentó con una que parecía flexible y algo gruesa.

—Ya estoy aquí. Voy a bajar una rama. Cógela con fuerza e intento alzarte.

La chica cogió la rama, pero estaba húmeda y cuando comenzó a subirla, se le resbalaron las manos y volvió a caer.

—No puedo, la rama se me resbala —dijo ella angustiada e impotente.

—Prueba envolverte las manos en algo de tela que tengas. La rebeca puede servir.

Así lo hizo. Las manos, fuertemente asidas, apenas se deslizaban por la rama y Julio pudo subirla poco a poco. Ella se apoyaba en las paredes, empujando con la punta de los pies hacia arriba.

Cuando Anastasia llegó a la boca del agujero, Julio estaba exhausto y le dijo que terminara de salir. No le quedaban apenas fuerzas.

Anastasia terminó de salir, quedándose tumbada en la tierra, entre hojas rubias y cobrizas. Julio se sentó junto a ella, jadeante e intentando recuperar el aliento. Tenía las manos doloridas por el frío.

—¿Estás bien? —Se inclinó sobre ella. Estaba sollozando. Anastasia se incorporó y lo abrazó.

—Gracias. Tenía mucho miedo ahí abajo —. Dijo ella angustiada. Se sintió segura en los brazos de él.

—Ya ha pasado. Tranquila. —dijo él con el susto aún metido en el cuerpo.

Le ayudó a incorporarse y volvieron a la cabaña.

—Le diré a mi padre que tape bien ese agujero. Alguien que ande solo por aquí y caiga en él, no va a tener tanta suerte.

Cuando llegaron a la cabaña y el padre vio el estado en que venía su hija, sucia y con la ropa rasgada, se dirigió hacia Julio dispuesto matarlo.

Anastasia se interpuso entre los dos y explicó nerviosa y todo lo rápido que pudo lo que había ocurrido. El padre, al darse cuenta de su error, abrazó a su hija y luego dio efusivamente la mano a Julio, agradeciéndole lo que había hecho.

Anastasia ni se molestó en traducir. Julio se imaginaba qué podía estar diciendo. Entraron en la cabaña. La chimenea caldeaba la estancia y los jóvenes tomaron té caliente con pastas.

—Tengo que volver a España. Ha sido un día muy intenso y me ha alegrado mucho conoceros. Podemos seguir en contacto por Instagram. No dudes que seguiré tus publicaciones —dijo sonriendo.

—Sí, yo también veré las tuyas —devolviéndole la sonrisa.

—¿Puedes compartir la conexión de internet? Te mostraré cómo llegué hasta aquí, ya que no me creíste cuando te lo conté.

Una vez tuvo conexión, buscó en alguna galería, imágenes de su ciudad, que hubieran publicado esa misma tarde. Les mostró, a Anastasia y a su padre, algunas fotografías. Localizó una de la barriada en donde vivía.

—¿Ves?, estas fotos son por donde yo vivo. ¿Puedo darte un abrazo antes de irme? —dijo él, recordando lo bien que se sintió cuando ella lo hizo en la boca del agujero.

Ella asintió. Él la abrazó con fuerza y al ver que el padre se retiraba hacia la chimenea y les daba la espalda, aprovechó para darle un beso que ella recibió con agrado y que le fue devuelto sin dilación.

Con una de las fotos que le había mostrado, comenzó a hacerle zoom, no perdiendo ella detalle de lo que hacía. Aumentó la imagen hasta el máximo posible y la figura de Julio se difuminó, dejando atónita a Anastasia.

Ya en su barrio, y nada más reaparecer, le escribió un mensaje a Anastasia.

—¡Te lo dije! Seguimos hablando cuando llegue a casa —y le mandó un par de emoticonos de un beso y un abrazo.

La Residencia

Juan tenía una página sobre literatura en Facebook. Hacía críticas de los libros que leía. Era muy aficionado a la lectura. Cierto día, alguien dejó un comentario en una de sus publicaciones. Por las palabras que leyó se dio cuenta de que era una persona culta. En especial por la forma de expresarse. Eran palabras duras pero correctas. Rebatía cada argumento que había desarrollado Juan.

Aquello le dejó algo contrariado. No había recibido ningún comentario hasta entonces y el primero que hacían era para contradecir sus ideas. Fue al perfil de esa persona para ver de quien se trataba. Según su biografía era historiadora y poseía un amplio currículum universitario. Tenía cuarenta y tres años, algo mayor que él. Se sorprendió que su galería de fotos fuera pública. En ella había imágenes de familia entre muchas otras. Pensó que quizás no conociese que en Facebook podía indicarse el nivel de privacidad y seguridad del perfil del usuario. Con esa excusa y también para intercambiar unas palabras sobre el comentario que había dejado en su página, le envió un mensaje por el chat. Como pasaba el tiempo y no recibía contestación, abrió otra pestaña en el navegador y siguió con sus cosas, olvidándose por completo de Facebook.

Pasaron los días y Juan se dispuso a publicar en Facebook otro comentario sobre un libro. Al rato de estar percibió que el icono de mensajería tenía un número marcado. Abrió el chat y leyó el mensaje que habían dejado. Era de la mujer de quien recibió la crítica hacía unos días.

"Gracias por avisarme sobre las fotos de la galería. Desconocía que se pudiese restringir el acceso. En cuanto al comentario que escribí en tu página, veo que eres un gran lector y haces buenas críticas, pero un libro puede tener varias 'lecturas', según la persona que lo lea. Hay que tener la mente abierta y ser receptivo también a las críticas. No era mi intención molestarte"

Juan comenzó a escribirle. A los pocos segundos recibió contestación. Así estuvieron un buen rato hablando por el chat. Entre los dos parecía haber buena sintonía. Concretaron un nuevo encuentro para seguir charlando al día siguiente. Un día tras otro continuaban hablando y conociéndose con palabras escritas.

Como a muchas otras personas conectadas a la red, a Juan le sucedió que comenzó a sentir cierto apego por aquella mujer. Es posible tener sentimientos por otras personas a través de la escritura sin conocerlas físicamente.

La mente nos hace sentir esa proximidad, aunque sea idealizada. La 'conexión' entre dos personas solo necesita de palabras, escritas o habladas. Eso es lo que le estaba sucediendo a Juan. Conforme pasaba el tiempo las conversaciones se tornaban más personales. Se estaban conociendo como si estuvieran tomando café en un bar. Todo iba como la seda. A ella le ocurría igual. Se dejaba llevar y viendo lo receptivo que era él, le contaba aspectos de su vida que solo conocían las amistades más cercanas o familiares.

Aquello se les estaba yendo de las manos. Hablaban a diario, y varias veces al día. Juan nunca habló de sentimientos, pero era obvio que los tenía por ella. Y le gustaba pensar que ella también. Él sabía que las relaciones a distancia no funcionan, pero, ¿y si esta sí? Los tiempos cambian. Con internet, el mundo es un pañuelo y es posible ver y hablar con alguien que esté en la otra punta de mapa. No podía pensar con claridad. Sus sentimientos 'virtuales' no se lo permitían. ¿O eran reales?

Tenía miedo de hablarle de lo que sentía. Todo era tan bonito que, si lo perdiese de la noche a la mañana por abrirse a ella, iba a dolerle y mucho. Pero ya estaba sufriendo, callando y reteniendo lo que deseaba sacar de sí. Por otro lado, aunque había mucho *"feeling"* entre ellos, aquello no quería decir nada. Una bonita amistad. A veces las amistades pueden ser tan cercanas, sin haber sentimientos de amor, que la línea que separa una cosa de la otra es muy fina, y solo cuando se traspasa, se transforma en algo distinto.

Llegó el día que Juan tomó la decisión. No estaba dispuesto a dejar pasar un día más, porque ella ya se había apropiado de la mayor de sus pensamientos. No dejaba de pensar en ella, y le estaba afectando en el trabajo, perdiendo fácilmente la concentración.

Cuando estaban hablando por el chat, y con el pulso acelerado, abrió su corazón, exponiéndose al más terrible de los dolores o a la dicha más ansiada. Ella dejó de escribir durante unos instantes al leer las palabras de Juan. Él esperó esos segundos, que se hicieron eternos, hasta que vio que ella comenzó a escribir.

"Te tengo mucho aprecio y creo que nunca he tenido una amistad con la que haya conectado tanto como contigo. Esto es nuevo para mí y necesito pensar. Discúlpame. Ya hablaremos"

Aquello dejó frío a Juan. Sus peores temores se habían materializado. Pasaron los días sin tener noticias de ella. Se arrepintió de haber dado aquel paso. Pero ya estaba hecho y nada podía hacer. Para amortiguar el dolor, se enfrascó en su trabajo. Echaba más horas de lo que le correspondía, pero por las noches, aquello que intentaba ahogar emergía con fuerza porque quería "vivir". En sueños él no podía hacer nada conscientemente y los recuerdos se hacían vívidos. Por la mañana, al despertar recordaba sus sueños, y se preparaba rápido para ir al trabajo y así borrarlos de su mente cuanto antes.

Durante una temporada, los sueños con ella continuaron, hasta que una noche soñó algo distinto. Iba caminando por un parque. El día era soleado. Los niños jugaban en los columpios y toboganes, o tirados en la tierra, con sus madres atentas en los bancos próximos. Los árboles, durante el paseo, dibujaban sombras frescas, como marcando el recorrido a seguir para abrigarse del calor. Al final del parque se topó con un edificio blanco. Un cartel con letras enormes en la puerta rezaba "Residencia de sentimientos". Le llamó la atención el nombre y pasó curioso al interior. En el hall había un tablón con anuncios y cartelería del centro. Uno de ellos rezaba:

"Deje aquí sus sentimientos no correspondidos. Nosotros cuidaremos de ellos"

Se acercó a la recepción de centro para informarse.

—Buenos días. ¿Podría informarme sobre sus servicios?

—Sí, claro. Somos un centro con vocación altruista. Cuidamos de los sentimientos de las personas cuando ya no saben qué hacer con ellos. Les liberamos de ese dolor para que puedan continuar con sus vidas.

—Y, por curiosidad, ¿cómo cuidan de ellos?

—Por supuesto, no los alimentamos. Sería una pérdida de tiempo. Lo que hacemos es aplicarles un tratamiento especial que los transforma en música. Cuando la canción ya está madura, la dejamos volar libre y así la plaza queda disponible para nuevos sentimientos inútiles.

—¿Una canción? Qué curioso. ¿Y qué utilidad tiene eso?

—¿No le ha ocurrido alguna vez que escucha una canción y sin saber por qué le llega a lo más hondo de su ser, consiguiendo emocionarle?

—Sí, me ha pasado. —aseveró Juan.

—Pues esa canción es el sentimiento transformado que nació de usted en algún momento de su vida y que vuelve a su origen.

Juan quedó pensativo. Nunca se le había ocurrido una idea tan absurda y original. En ese instante despertó y se encontró extrañamente más sereno de lo habitual. La aflicción que tanto le pesaba había desaparecido y su corazón quedó libre de lo que le atenazaba.

¿Me amas?

Ricardo era diseñador de páginas web en una empresa de informática. Llevaba en ella ya varios años y estaban contentos con su forma de trabajar. Era una persona muy productiva y creativa. Encontrar a alguien con esas dos cualidades era difícil a pesar de la competencia en ese mundo. Él se sentía realizado, le encantaba su trabajo y acudía a él en bicicleta. El ejercicio le activaba por las mañanas y cuando llegaba a su puesto, tenía las pilas cargadas para enfrentarse a lo que fuera.

Aquella mañana fría de invierno los termómetros marcaban 5 grados. A pesar del frío gélido, más notorio en bicicleta, no llevaba pantalón largo. Solo se abrigaba la parte superior y se colocaba su cuello braga, evitando que el frío se introdujera por ese resquicio. Aún le faltaban diez minutos para llegar y escuchó, en las proximidades, sirenas de coches de bomberos y policía.

—¿Tan temprano y ya hay lío? —pensó.

Llegó a la calle donde se ubicaba su empresa y una aglomeración de gente y coches cortaba el paso a la circulación. No podía creer lo que veía. Las oficinas de su edificio escupían enormes llamas de fuego por las ventanas y los bomberos trataban de ahogarlas con fuertes chorros de agua desde una escalera elevada que sostenía un camión cisterna.

Se acercó andando con su bicicleta hasta donde pudo y se encontró con sus compañeros de trabajo, contemplando la devastación. Todos se lamentaban y sentían impotentes ante aquella tragedia. Ricardo no aguantó mucho viendo cómo aquel fuego voraz prendía todas sus ilusiones y proyectos y lo abocaba al desempleo.

Se retiró conmocionado con su bicicleta. Circulaba como si hubiese activado el piloto automático, sin prestar atención a la circulación ni hacia dónde iba. Al cruzar un paso de cebra escuchó un frenazo brusco. Paró su bici y giró la vista a su derecha. El parachoques de un todoterreno estaba a un palmo de su nariz, exhalando por el radiador el aliento del motor recalentado y formando una leve bruma por el contraste de temperatura. Al conductor se le iba a salir el corazón, respirando precipitadamente, y al ver la cara blanca como la leche que se le quedó a Ricardo, creyó ver un muerto. Quizás lo viera, porque Ricardo en ese momento le pareció estar viendo la escena desde arriba, en tercera persona. Fue una sensación relámpago porque enseguida se vio de nuevo sobre la bici y comenzó a pedalear sin volver la vista atrás. Cuando llegó a su casa, se tiró en la cama y ahogando los sollozos se quedó al rato dormido.

Después de contarle lo sucedido a sus amigos, quedaron el sábado para ir de copas. Fueron a un pub muy concurrido. Junto a sus colegas venían chicas que no conocía. Se fijó en una morena de pelo liso y corto. La máscara de ojos que llevaba le hacía una mirada preciosa y se quedó encandilado. Tras unas copas, la tragedia en su trabajo bajo de nivel hasta la anécdota. Comenzó a charlar con la chica y resultó que era programadora de aplicaciones para móvil. Yolanda tenía una vitalidad y un empuje envidiables. Le contó que tenía en mente un proyecto y ahí fue cuando Ricardo vio la luz al final del túnel. Le relató lo sucedido con su empresa y que no tenía planes en ese momento. Le propuso trabajar juntos, cada uno en su especialidad.

Al final resultó un sábado productivo en todos los sentidos. Los dos trabajaban en tecnología y se agradaban mutuamente. En principio no tenían dónde trabajar, así que decidieron acudir a un café que solía estar tranquilo y allí comenzaron su andadura. Conforme pasaba el tiempo se encontraban cada vez más cómodos juntos y trasladaron su lugar de trabajo a la casa de él.

Tras varias semanas, pasó lo que tenía que pasar y su amor afianzó, aún más, su proyecto común. Ella era un vendaval de ideas, dinámica y apasionada. Él aportaba sosiego y cabeza.

Ese fue solo el primero de sus proyectos, siguiéndole otros. Entre ellos, el proyecto de pareja que se formalizó en boda. Yolanda nunca olvidaría la pedida de mano tan original con que le sorprendió Ricardo. La convenció para que se comprara una *webcam* de alta definición para el portátil. La compraron online y se las ingenió para que cuando llegara el paquete, ella no se enterase. Sustituyó el contenido de la caja por el estuche con el anillo, precintando de nuevo el paquete, sin dejar rastro de manipulación alguna. Su plan culminó con éxito sin que ella sospechase nada en ningún momento.

Los primeros meses fueron intensos. Estaban enganchados tanto a su trabajo como entre ellos. Se complementaban en todos los sentidos. La fuerza que irradiaba ella calaba en él, dándole empuje también. Sus ideas, a veces geniales, a veces excéntricas, Ricardo las encauzaba para que llegaran a buen puerto.

Los fines de semana seguían quedando con los amigos. Él no se percató de ello en un principio, pero en su mujer se desarrollaba una semilla que él no imaginaba. Tras las quedadas, en casa tenía prontos que a él le chocaban. Lo achacaba al cansancio, pero cuando aquello se convirtió en algo recurrente, comenzó a preocuparse. Él intentaba entonces hablar y sonsacarla, pero ella en esos momentos se mostraba arisca y callaba. En la cama no podía tocarla hasta pasado un buen rato, cuando se calmaba, cediendo entonces al acercamiento de él. Pero no quería hablar, solo se abrazaban y se dejaban llevar. Yolanda entonces se mostraba más agresiva de lo habitual. Le besaba y lo apretaba contra sí con tanta fuerza que Ricardo se sorprendía de su caudal de energía. Él era suyo. Se fundía una y otra vez con él como queriendo formar un único ser sin resquicios, imposible de separar.

En la mente de ella campaban a sus anchas los celos. Celos que surgieron por su amor desmedido hacia él. Cuando Ricardo charlaba con sus amigas, le parecía que le estaba haciendo de menos, ignorándola en vez estar con ella, como pensaba que tenía que ser. Yolanda en esas circunstancias también hablaba con sus amigos, pero oía sin escuchar. Estaba ausente de la conversación, intentando captar, aunque fuese mínimamente, las palabras de Ricardo. Sonreía por compromiso, repartiendo su atención entre dos conversaciones. Disimulaba muy bien su disgusto y en cuanto veía la más mínima ocasión acudía donde Ricardo y lo abrazaba desde atrás por la cintura. Él sonreía y le cogía las manos enlazadas. La amiga con la que hablaba se retiraba discretamente al centrar la atención en su mujer. Entonces se volvía y la besaba cariñosamente. Le hablaba con amor y todo a su alrededor desaparecía, como si no existiera nada más. Ella no podía evitar la ansiedad de separarse de él un momento. Quería estar siempre a su lado.

Con el tiempo fueron separándose cada vez más de sus amigos. Ella ponía excusas, intentando evitar los malos ratos que se llevaba cuando él no le prestaba atención. Aquello fue paulatino y él ni lo advirtió.

No se supo que fue mejor, el remedio o la enfermedad, porque al estar más tiempo juntos, ella se volvió más posesiva. Por un lado, estaba contenta de tenerlo más junto a ella, por otro, se quejaba de la monotonía y la comunicación se resentía.

Las noches de pasión menguaban. Él se quedaba pensativo en la cama con la mano en la nuca y la vista en el techo. Ella leía en su libro electrónico y le miraba de reojo a ratos.

Cuando salían, casi siempre solos, todo iba bien, pero si él cruzaba palabras con alguna mujer, ya fuera en un restaurante o cualquier otro sitio, se ponía tensa y apretaba inconscientemente el brazo de Ricardo. Él aligeraba entonces la conversación para acabar cuando antes.

Sabía que su mujer no podía evitarlo. Era superior a ella y el problema cada vez iba a más. Era incómodo no ser uno mismo por evitar molestarla. Notaba su expresión de desagrado. Sufría por ello, siendo doloroso también para él. Aquella noche, como muchas otras anteriormente, Ricardo estaba pensativo y ella se entretenía con la lectura cuando él le habló.

—Cariño, tenemos que hablar —dijo Ricardo, haciendo acopio de fuerzas para decirle algo importante. Ella se giró para mirarle.

—Pasamos demasiado tiempo juntos. Creo que tú también has notado que estamos como enclaustrados aquí. Deberíamos quedar otra vez con los amigos. Nos haría bien.

—¿Es que te aburres conmigo? —espetó Yolanda cortante.

—No es eso ¿No ves diferencia de ahora y cuando estábamos con más gente pasando el rato? Necesitamos tener espacio propio. Así tendremos cosas nuevas que contarnos.

—Sí que veo diferencia. Veo que ya no me miras como antes. Ya no eres tan cariñoso. Me abrazabas más, me buscabas. Ahora te veo distante y por lo visto echas de menos estar con otras personas —continuó ella en tono de reproche.

—Ricardo, ¿tú me amas?

—Hace mucho que sé de tu problema. Necesitas ayuda.

———

(Nota del autor)

Este relato está basado en la canción *"Est-ce que tu m'aimes?"* (*Maître Gims*)

Gambito de Dama

—¿Qué tal te va con Juan? —dijo Julia.

—Súper bien. Es tan atento. Siempre está pendiente de mí. La verdad es que no termino de creer que pueda haber un hombre así.

—¿Y por qué no? Quizás hayas encontrado tu media naranja.

—No sé. He estado pensando y quiero ponerlo a prueba. Entonces estaré totalmente segura.

—¿Ponerlo a prueba? Eso es arriesgado.

—Sí, lo sé. Y he pensado en ti.

—¿En mí?

—Sí. ¿Quién mejor? Tú llamas mucho la atención. Eres atractiva y no hay hombre que no se fije en ti.

—Estás loca, Yoli —dijo Julia atónita por la idea tan descabellada

—Eres mi mejor amiga. Confío en ti.

Juan conocía a Julia. Era una más del grupo de amistades de Yoli. Un día recibió un mensaje suyo que le sorprendió. Nunca había hablado en privado con ella, tan solo veía sus mensajes por el grupo de *Whatsapp*.

—Hola Juan. ¿Qué tal? Soy Julia.

—Hola. Bien, aquí en el trabajo.

—Perdona si te interrumpo. Verás, aún queda tiempo, pero ya estoy pensando en el regalo de cumpleaños de Yoli. Tengo en mente un libro electrónico, pero yo no entiendo nada de esos cacharros. ¿Podrías ayudarme? He visto uno en el Corte Inglés y como tú entiendes más de esas cosas, me preguntaba si podrías acompañarme y darme tu opinión.

—Bueno, tampoco hace falta ir a la tienda. Me dices el modelo y lo miro por internet.

—Es verdad, tienes razón. Pero prefiero ir de todas formas. Allí tendrán más modelos, y si no es ese, habrá otro. Por eso es que te lo he comentado. Así ya lo compro y me olvido del tema. Soy muy despistada y si lo dejo, se me va a olvidar.

—¿Cuándo tienes pensado ir?

—Mañana por la tarde.

—Bueno, pero no puedo entretenerme mucho.

—No te preocupes. Será un rato pequeño. ¿Te viene bien a las cinco?

—Ok.

—Pero no le digas nada a Yoli. ¿Te recojo a las cuatro y media? Te aviso cuando esté en tu portal.

—¿Te acuerdas donde es?

—Sí, vaya memoria tienes. ¡Si te hemos dejado un ciento de veces de vuelta de marcha!

—Ah, claro.

Al día siguiente, Julia esperaba en el coche que bajara Juan de su casa. Llevaba un vestido ceñido. Le gustaba lucirse y que los hombres se fijaran en ella. No había necesidad de ir tan arreglada para aquel asunto, pero pensó que una buena "apertura" en el plan de Yoli, era fundamental para ir encauzando la estrategia.

Cuando iban en el coche, Julia le daba conversación. Era muy dicharachera y le gustaba bromear y reír. Habituada a las miradas de admiración a su belleza, notó cómo Juan observaba de reojo sus piernas esculturales, demasiado al descubierto al habérsele desplazado el vestido hacia arriba.

Cuando llegaron al comercio, fueron a la sección de electrónica en busca del *"ebook"*. A Juan no le convencía que no fuera de pantalla táctil. Los botones físicos a la larga pueden estropearse y son más incómodos. Así que continuaron viendo otros modelos.

Una vez Julia compró el aparato apropiado y cuando se disponían a entrar en el coche, le dijo a Juan:

—Oye, tengo la boca seca. ¿Te apetece tomar una cerveza? Mira, ahí mismo, para no entretenernos mucho —señaló una cafetería que estaba a unos metros de distancia.

—No sé. —dijo dudando Juan.

—Venga hombre, ¿me vas a dejar sola ahora?

Le agarró del brazo y se dirigieron al café sin encontrar resistencia de Juan. Allí estuvieron como una hora. Julia hablaba y hablaba, y Juan, con el efecto de la cerveza, levantó el pie del freno. Tuvieron una conversación muy amena, entre risas y bromas.

Cuando Julia llegó a su casa, llamó a Yoli y le contó cómo había ido el asunto.

—¿Y cómo lo has visto? ¿Se ha comportado?

—Sí, es un chico algo reservado, pero muy formal. Me puse uno de mis vestidos preferidos, y no se le fue la cabeza como a la mayoría. Se mantuvo en su sitio.

—¿Quieres que siga?

—Sí, sí. Dale caña. Intenta embelesarle. Tú sabes hacerlo muy bien.

—Estás tentando la suerte. Por supuesto, puedes confiar en mí. Ya lo sabes.

—Sí, lo sé. —dijo con rotundidad Yoli.

Juan se encontraba en casa, viendo la televisión cuando sonó un mensaje en el móvil.

—Hola Juan. Quería agradecerte otra vez lo del otro día. Me lo pasé muy bien charlando contigo. Eres un encanto. Yoli tiene mucha suerte.

—Sí, yo también pasé un rato agradable. Seguro que le gusta mucho tu regalo.

—Eso espero. Quería pedirte otro favor. No quisiera abusar, pero es que el portátil me está dando problemas. Se ha vuelto muy lento y me desespera. ¿Podrías mirarlo, a ver qué le pasa? Yo no tengo ni idea.

Quedaron en la misma cafetería de la vez anterior. En esta ocasión Julia llevaba unos pantalones vaqueros ceñidos, que se adaptaban a la perfección a cada curva de su figura. También un jersey blanco de cuello alto holgado, que dejaba al descubierto su delicada piel. Había ido a la peluquería y se había arreglado el pelo de forma que mechones largos y ondulados caían seductores sobre sus mejillas.

Ya en la cafetería, Juan aguantó como un campeón el primer *round*. Se concentró en el portátil y apenas si desvió la mirada hacia Julia, que lucía espléndida. Ella le hacía indicaciones y más de una vez se rozaron sus manos con torpeza fingida de Julia.

—Uff, ¡Qué calor hace ahora! Parece que han puesto la calefacción muy alta. Me voy a quitar esto —dijo ella viendo que Juan apenas la miraba.

Julia se quitó el jersey y dejó al descubierto una blusa satinada blanca, con escote generoso, y que dejaba a la vista unos hombros luminosos y sedosos.

Juan no pudo eludir el gancho de izquierda que lo dejo medio grogui. Las pupilas se le agrandaron como platos y su cuerpo subió de temperatura. Le costaba mantener la vista sobre la pantalla porque Julia se aproximó más a él, y las curvas de sus senos comprimidos exigían atención.

Las manos de Juan, normalmente ágiles sobre el teclado y con el manejo del ratón, se volvieron torpes y no atinaba bien con la flechita. Él también notaba mucho calor ahora. Le dijo que iba a por unas cervezas como excusa, para poder separarse unos instantes de aquella oleada de seducción a que le estaba sometiendo Julia.

Terminó con el ordenador y mientras acababan las cervezas echaron un rato más de charla. A Julia le gustaba aquel juego. Estaba en su salsa. Esa sensación de poderío que se tiene cuando controlas la situación. Pero lo que le pilló por sorpresa era que aquel chico reservado y formalito le estaba empezando a gustar. En ese momento no pensaba en su amiga, ni en el papel que estaba desempeñando. Se dejó llevar por la situación y el alcohol. Era la segunda ocasión que terminaban de cañas y pasaban un buen rato juntos. Pero Juan no fue más allá.

Julia informó a Yoli. Su chico tenía mucho aguante. Pero las circunstancias ya no era las mismas. Juan se le había metido en la cabeza. No podía evitarlo. Ella, una mujer tan segura de sí, se veía ahora indefensa ante aquellos pensamientos que le sobrevenían sin control.

Aquello se le escapó de las manos. Tomó la iniciativa y a espaldas de su amiga, comenzó a hablar con Juan por mensajes. Juan estaba confuso. Él quería a Yoli, pero la tentación llamaba a su puerta y su resistencia fue menguando. Se escribía con Julia, al principio manteniendo las distancias y luego cada vez con más cercanía. Llegaron a quedar varias veces. Él se lo ocultaba a su novia y aparentó que aquello no estaba ocurriendo.

Un día, Juan llamó a Yoli y quedaron para desayunar. Le dijo que tenía que contarle algo. Se sentaron en una mesa interior, lejos de los ventanales, donde el frío parecía traspasar los cristales con la ayuda del viento gélido. Con los cafés humeantes sobre la mesa, y unas tostadas con tomate y aceite de testigos, Juan comenzó a hablar.

—¡Qué guapa estás esta mañana! —dijo él con admiración.

—Gracias cariño —Juan le tomó ambas manos y las acarició con afecto.

—Verás, quería decirte que tu amiga Julia me ha estado pidiendo ayuda con el ordenador.

—Sí, lo sé. Me lo comentó —dijo ella, a la expectativa.

—Y después comenzó a mandarme mensajes. Estas últimas semanas he estado chateando con ella y hasta hemos quedado varias veces.

Juan hablaba con voz trémula y sequedad en la garganta. Pero pensaba que estaba haciendo lo correcto, a pesar de las posibles consecuencias. Yoli parecía no inmutarse. Tenía pensado contarle el jueguecito que se le había ocurrido para ponerlo a prueba, pero después de aquellas palabras se lo pensó dos veces. Su jugada tenía sus riesgos, y lo sabía. Solo esperaba que los acontecimientos hubieran transcurrido como había pensado.

—¿Os habéis acostado? —dijo seria.

—No —dijo con Juan con firmeza —. Ha sido una estupidez lo que he hecho. Yo te quiero a ti. Nunca te haría daño.

Él la miraba a los ojos francamente, sin asomo de duda en lo que decía. Al mismo tiempo que hablaba, le apretaba las manos con firmeza. Se levantó, le tomó el rostro y la besó tan dulcemente que hizo desaparecer al instante cualquier inquietud que pudiera tener Yoli.

Una mujer, al otro lado del cristal, observaba la escena. Abrigada hasta las cejas con una bufanda, el viento enmarañaba su cabello. Su corazón se contrajo y la desazón provocó que su rostro se humedeciera cuando retiró la vista y se alejaba calle abajo.

Nota del autor:

"Gambito de Dama" es una apertura utilizada en ajedrez que consiste es sacrificar un peón para obtener un beneficio posicional (personal en este caso)

La Escalera mágica

Anoche tuve un sueño. Soñé que tenía cinco años. Jugaba en un jardín y encontré una escalera. Me pareció fantástico que se sostuviera sola en el aire. Miré hacia arriba y no pude divisar el final. La curiosidad me pudo y comencé a subir.

Escalón a escalón me di cuenta que conforme dejaba de pisar un escalón éste desaparecía. Continué subiendo. Paulatinamente fue pasando el tiempo. Me paré un momento y miré hacia abajo. Tuve vértigo, aunque no estaba a mucha altura. Los asideros de la escalera descendían desnudos hacia el suelo tras caer los peldaños subidos. Observé a mi alrededor. Podía ver el parque abajo, las copas de los árboles y las calles cercanas. Descubrí, para mi sorpresa, que otras escaleras se elevaban hacia al cielo en las proximidades. Cada niño tenía una.

Continué el ascenso. No me atrevía a mirar hacia abajo, ya que estaba adquiriendo una altura considerable. Los años transcurrían conforme ascendía. Me sentía fuerte. Hice algunas tonterías, como subir peldaños de dos en dos. También, porque otros muchachos hacían locuras parecidas, en competencia a ver quién era más rápido.

Resbalé y el corazón pareció salírseme por la boca. Quedé momentáneamente en el aire, solo sujeto de las manos. ¡Vaya susto! Por poco no lo cuento.

Los años seguían pasando en el ascenso. En una ocasión me detuve más del tiempo necesario en un escalón y éste desapareció dándome otro susto de muerte. Pensé que el tiempo no se para por nadie. Avanza inexorable, sin piedad ni miramientos. Ya sean niños, jóvenes, adultos o ancianos. Por otro lado, mejor que no se detenga. No te pares, no te quejes, no claudiques. Levántate y sigue, sigue subiendo.

Llegué a mi edad madura y miré de nuevo alrededor. Ahora, libre de la contaminación de la ciudad, pero con las nubes aun sobre mí, podía ver mejor las otras escaleras. Había cientos, miles, y se perdían de vista en el horizonte a ambos lados.

Me fijé, sin entender la causa, que algunos se soltaban y caían al vacío hacia atrás.

—Pobres desgraciados. A saber por qué lo hacen. Quizás demasiado dolor, insoportable y corrosivo. Se liberan de su angustia, dejando la desolación y la amargura en familiares y amigos, en su acto egoísta y cobarde.

Otros, sin embargo, caían al quebrarse repentinamente el peldaño. Aunque intentaban mantenerse asidos, la sorpresa no les permitía reaccionar a tiempo y se precipitaban al abismo hasta desaparecer. Una diminuta nube de polvo se levantaba cuando tocaban tierra.

Algunas escaleras se perdían tras las nubes, otras acababan antes de llegar a ellas. Miré hacia arriba y suspiré aliviado. Mi escalera continuaba, gracias a Dios.

—¿Quién decide la altura de las escaleras?

No quería pensar, y tampoco podía entretenerme. Los escalones seguían desvaneciéndose y debía continuar. Algunos de los que iban a mi nivel parecían haber prosperado más que yo. Otros menos.

—Fíjate en los avanzados. Fíjate qué hacen, ¿por qué son distintos? Coge lo que te interese y aplícatelo. Hay que prosperar. Los inteligentes aprenden también de los demás, no solo a base de cabezazos, ¡besugo!

Miré hacia abajo de nuevo y vi a los que subían, más jóvenes que yo.

—No hagas eso ¡No seas torpe! ¡Te vas a dar de narices! Nada, al final se la pegó.

—¡Qué alivio! Menos mal que yo ya pasé por eso. Las cosas se ven distintas ahora.

Al fin estaba sobre las nubes. Respiré profundo.

—¡Qué aire más limpio!

Al atravesar aquella neblina blanca se me impregnó el cabello y me sorprendieron las primeras canas. Por otro lado, notaba cierto fresquillo en la coronilla. Al principio lo achaqué a la humedad, pero al palparme, me dio pánico al no toparme con un mísero pelo.

—¡Valiente mierda! Bueno, mientras no me hagan fotos desde atrás, sigo pasable.

Aún veía mucha escalera hacia arriba. Me consolé con eso. Subí y subí. La falta de oxígeno me hacía más torpe y me cansaba más. Tenía que pararme a cada rato. Sin embargo, con los años me daba cuenta que la vida se veía de otra manera. Tenía una perspectiva más amplia, más clara de cómo eran las cosas. Lo que hubiera dado por tener esa lucidez de joven.

Me sorprendió lo rápido que pasaba el tiempo.

—Antes no era así. Es que no me da tiempo a nada, ¡joder! Parece que fueron ayer los atracones navideños, y otra vez Noche Buena.

Conforme subía, los años pasaban volando. Me costaba muchísimo subir cada peldaño. Me sorprendió la flacidez de mis brazos, las varices palpitantes, las manchas de la vejez, el pelo escaso y cano, las arrugas marcadas. Mis movimientos eran cada vez más lentos. El peso de los años me estaba haciendo mella. Vi cómo amigos y familiares llegaban al último peldaño y se precipitaban hacia la nada, asidos a sus escaleras y desapareciendo bajo las nubes. Qué tristeza más honda ver como mis seres queridos iban pereciendo. Caían a cuenta gotas. Otros, como a mí, aún les quedaba un poco más, pero conscientes que el fin se acercaba.

Me faltaba el aire. Me ahogaba a cada paso. El oxígeno escaseaba. Pero continué. Nunca fui de los que deja algo por terminar.

Miré hacia arriba y vi con horror que mi escalera se estaba acabando. Apenas quedaban unos peldaños. Con la certeza del fin, subí resignado y torpe los últimos escalones. Tan solo me quedaban dos. Me paré y miré de nuevo a mi alrededor. Otros aún tenían escaleras más largas aún.

—¡Qué suerte!, o no. Vivir mucho más en esta decrepitud y continuos dolores...

Miré hacia abajo y vi cómo la muerte se cebaba con los que llegaban a su último escalón, segando sus vidas y cayendo como lluvia de ánimas junto con los que surgían desde más arriba mía.

Al fin llegué al último escalón. Entonces pensé en mi vida. ¿Había hecho todo lo que quería? No, me quedaron algunos proyectos por hacer. Me faltó tiempo. Quizás lo desperdicié en cosas sin importancia. De lo que sí estaba seguro es que no me arrepentía de nada de lo que había hecho. Sabía que la vida era una sucesión de acontecimientos, buenos y malos. Todos eran necesarios y dependientes para que al final las cuentas cuadrasen y llegase hasta ese mismo instante.

En ese momento sentí que volaba por la falta de apoyo. El último peldaño desapareció y comencé a descender vertiginosamente. Un carrusel de imágenes apareció ante mis ojos mientras caía, cada vez más y más rápido. Alegrías, penas, miserias, familia, amigos, logros, momentos y más momentos…

La caída parecía no tener fin y de repente, La Nada, la oscuridad total.

Busqué a tientas la luz. Cuando la encendí, me quedé mirando unos instantes el halo mortecino en el techo. Cogí cuaderno y bolígrafo de la mesita de noche y me apoyé en el cabecero.

Comencé a escribir:

La Escalera Mágica

Anoche tuve un sueño...

La abuela

—¿Cómo has dormido hoy, mamá?

—Bien. Pero estoy muy mal, hijo.

—¿Qué te duele?

—No lo sé, no sé qué me duele.

Hablaba con angustia y sus problemas con la respiración hacía que sus palabras vibraran levemente.

—Hoy hace un día muy bueno. ¿Quieres tomar el sol?

—No, no tengo ganas de nada, de verdad.

—Bueno, relájate un poco. Cierra los ojos y luego cuando entre más el sol por la ventana te pones un poco al calorcito.

Pedro mientras tanto se entretenía con el móvil. De vez en cuando la observaba ya más relajada, con los ojos cerrados y la respiración calmada. Los últimos años habían sido muy malos para ella. Desde la caída por las escaleras, sin aparente gravedad y que luego evidenció una pequeña fisura de cadera, no levantaba cabeza. Tras los primeros meses de dolores sin saber la causa porque las radiografías no mostraban daño alguno, fue casualmente que le hicieron un tac por otro motivo, cuando surgió la leve fisura que la estaba martirizando.

También estaba perdiendo la memoria. Y es que su estado depresivo, por el hecho de no poder hacer una vida normal, y estar dependiente, no le ayudaba en nada. Estaba desganada y una persona mayor que no ejercita el cerebro, como cualquier otro músculo, deriva en decadencia y deterioro. Eso no le impedía estar lúcida por momentos, pero junto a los olvidos estaba también el soñar despierta, provocado por la cantidad de pastillas que tenía que tomar.

Pedro, al ser hijo con más tiempo libre, cargó con la responsabilidad de ayudar al padre, que también estaba ya muy mayor y no podía con todo. Ocurría lo de siempre. Los otros hermanos, más ocupados y con más responsabilidades, apenas si dedicaban tiempo a sus padres.

Ver en ese estado a su madre, durante un período tan largo, le pesaba. Le influía en su vida diaria. Pero era ley de vida tener que pasar por aquello. También era una suerte para los padres, tener ayuda de los hijos, porque hay quien no tiene a nadie, o aun teniéndolos, se desentienden y pasan su vejez en la más absoluta soledad y abandono.

Cuántos casos de personas mayores, fallecidos en sus domicilios y descubiertos por casualidad por algún vecino en un estado lamentable.

Los días que pasó la madre en el hospital, que no fueron pocos en el último año, eran más duros aún. El personal de enfermería era en su mayoría muy cordial y el médico especialista que la trataba muy cercano y simpático. La madre de Pedro estaba muy contenta con él. Pasaba mucho tiempo sentada, pero de vez en cuando se levantaba y caminaba un poco con el andador. Su caminar era cansino y le costaba dar cada paso. Pedro, aprovechando una de esas ocasiones, la grabó con el móvil. Luego editó el vídeo pasando las imágenes a cámara rápida. Lo compartió con su padre y hermanos. Le añadió un texto al vídeo "Mamá está en forma". Cuando su madre se sentó a descansar, se lo mostró y comenzó a reír enseñando una ristra de dientes amarillos y doblados.

—¡Quita eso que me va a dar un ataque!, ja, ja, ja.

En otra de las ocasiones que estuvo en el hospital, le grabó otro vídeo parecido mientras se apoyaba en el cabecero de la cama y daba un paso hacia adelante y otro hacia atrás, una y otra vez. La animación a cámara rápida resultó muy graciosa porque parecía que estaba bailando. Lo compartió con su familia: "¡Mamá de fiesta!"

Al menos esos momentos los pasaba divertidos, dentro de su día a día monótono y alicaído.

Cuando estaba en su casa no tenía buen ánimo. Había perdido el apetito y no sabía cuándo tenía hambre salvo cuando el cuerpo le mandaba señales en forma de temblores y nerviosismo. Siempre se negaba a salir a la calle o a ir a alguna comida con la familia. Tenía mal cuerpo y sentía mal. También le incomodaba ir en silla, ya que no podía apenas caminar.

A veces decía que ya no quería seguir viviendo. Que se quería morir. No podía soportar el malestar y la angustia. Los tranquilizantes la apaciguaban y se quedaba tranquila en el sillón, semidormida, con los ojos cerrados, hablando a veces en alto con recuerdos que se le venían a la cabeza, y si se le preguntaba qué decía, se daba cuenta de que estaba soñando despierta y sonreía.

Los nietos se burlaban de ella haciéndole preguntas que ya sabían que no recordaba y como ella contestaba lo primero que se le venía a la cabeza, se partían de la risa. Era preocupante que ya no recordara las cosas del día a día.

Su cumpleaños se acercaba y Pedro quería hacerle un regalo especial. Algo que la sorprendiera y le alegrase al menos durante unos instantes. Dio un paseo por el centro, curioseando en los escaparates de las tiendas. Era ya diciembre y anochecía muy pronto. Las calles estaban iluminadas con las luces de Navidad y los negocios colmados de adornos y bombillas multicolores. Había gente por todos lados. No había calle sin gente paseando. Se detuvo en un escaparate donde vendían todo tipo de hierbas y productos naturales, como miel, canela en rama, infusiones, píldoras para diversas dolencias...

Entró a curiosear. Le entraron por los ojos los cestos repletos de golosinas de colores de multitud de sabores. Había sacos abiertos llenos de hierbas que vendían al peso. Las paredes con estantes, estaban colmados de botes de cristal con etiquetas y nombres de lo más variopinto. Se fue hacia un rincón donde un cartel anunciaba remedios naturales para dolencias comunes: insomnio, jaqueca, dolores de todo tipo... le llamó la atención un bote cuya etiqueta decía "Sueños de juventud. Para personas seniles". Tenía tan solo 3 cápsulas. No se veía ninguna indicación más.

El día del cumpleaños de la madre, le dijo:

—Toma mamá. Para ti.

—¿Qué es esto? —preguntó sorprendida.

—Por tu cumple —y le dio dos besos.

—¿Mi cumpleaños? ¡Ay! ¡que no me acordaba!

Quitó el envoltorio con manos temblorosas.

—¿Y esto para qué es?

—Es para que duermas bien, que te hace falta. Ya me dirás qué tal son.

Ese día la visitaron el resto de hijos y nietos y pasó un rato agradable, por la compañía, la merienda y los regalos. Cuando se fue a dormir se tomó una de las pastillas del tarro.

Esa noche tuvo un sueño especial. Soñó con recuerdos de cuando era una niña y de su adolescencia. Eran imágenes muy vívidas. Su marido veía que se movía mucho en la cama y se extrañó que no se despertara. Estaba acostumbrado a que se desvelara varias veces cada noche, con ansiedad y quejumbrosa.

Pedro la llamó por teléfono a la hora del almuerzo. Su madre le contó lo que había soñado. Lo recordaba todo, y hablaba con emoción. Estaba ilusionada, cosa extraña desde hacía ya mucho tiempo.

—Me alegro mucho, mamá. Parece que las pastillas funcionan. A ver qué tal esta noche.

La segunda noche soñó con más recuerdos. Le vinieron imágenes de su boda y los primeros años de matrimonio. Igualmente durmió del tirón hasta el amanecer. Por la mañana amanecía tranquila y le contaba con agrado lo soñado al marido, que no podía creer lo que le ocurría. Se estaba produciendo un cambio inesperado en ella. Pasó de la depresión y la angustia a un estado más vital y alegre.

Visto el efecto tan bueno que producían las pastillas en ella, se iba a dormir con la incógnita de qué soñaría en esa ocasión. Esa noche revivió la maternidad de todos sus hijos y la vida caótica de sus primeros años.

Aquellas pastillas eran milagrosas. Se la veía más animada, con ganas de hacer cosas. Hasta quería salir y ver gente.

Un día que Pedro fue de nuevo a casa de sus padres y encontró a la madre muy cambiada. Tenía mejor semblante. Apenas se quejaba de sus dolencias.

—¡Te veo mucho mejor mamá!

—Sí, desde que me tomé las pastillas que me trajiste, nada es lo mismo. ¿Dónde las compraste?

—En una herboristería.

—Pues son muy buenas. ¿Puedes ir a comprar más?

—Claro. Luego me paso de vuelta a casa.

Pedro fue a la tienda de nuevo y buscó donde estaba el tarro de pastillas. No las encontró. Preguntó al dependiente y le dijo que esas pastillas eran las últimas que quedaban. Se las traía un conocido de un pueblo, pero ya hacía mucho que no iba por la tienda. Así que no podía ayudarle. Pedro visitó otras tantas herboristerías de la ciudad. También buscó por internet, sin éxito.

Tampoco hacía falta. Aquellas pastillas parecían haber producido un cambio duradero en su madre, pues fue mejorando con el tiempo y lo mejor de todo, le devolvió recuerdos que retendría hasta el resto de sus días.

Pide un deseo

Luisito iba con sus padres por las calles repletas de gente y luces navideñas. Estaba cansado de andar y ver tiendas. La madre buscaba unos botines y no terminaba de encontrar los que le gustaran. El padre se quedaba con él mientras tanto, viendo cosas de tecnología o deportes.

—Papá, estoy cansado.

—Yo también hijo, ya mismo nos vamos.

—Papá, ¿me coges?

—Ahora no puedo. Aguanta un poco.

—Pero papá…

—¡Calla niño! Espera a que termine. ¡No seas pesado!

Su padre tenía un carácter seco y era habitual que le reprendiese de manera ruda. Eso le entristecía. Intentaba hacer las cosas para agradarle, pero era muy exigente y nunca le parecía bien su manera de proceder.

—Así no se hace. ¡Así!

O le decía:

—A ver, ¡quita! ¡Ya lo hago yo!

Se estaba criando con ese trato y eso hizo que a su corta edad fuera un niño tímido e inhibido. Por las noches lloraba a veces y se sentía torpe.

—Nunca le parece bien lo que hago —pensaba.

El padre, arquitecto de profesión, trataba de inculcarle conceptos básicos de dibujo, pero no todo el mundo tiene el don de saber transmitir. A Luisito le encantaba dibujar, pero en cuanto se salía de los esquemas rígidos del padre, ya tenía la regañuza asegurada.

En aquella tienda habían colocado un árbol de Navidad enorme. Los niños se acercaban para verlo. Como vio que su padre no le prestaba atención, se unió a la algarabía de renacuajos. Justo al lado, estaba sentado en una gran silla un hombre disfrazado de Papá Noel. Los niños hacían cola para hablar con él. Luisito observaba cómo reía y era simpático con ellos.

Acababa de terminar de hablar con uno y ya se acercaba el siguiente de la cola, cuando se dio cuenta de que un niño, apartado del resto, observaba con ojos como platos, las luces y adornos del árbol. Le hizo un gesto con la mano para que se acercara. El niño que tenía el turno de la cola cruzó los brazos enfadado y refunfuñando. Luisito se acercó y el hombre le dijo al oído:

—No se lo digas a nadie, pero este árbol es mágico. Pídele un deseo y te lo concederá —Luego lo despidió con una sonrisa y continuó atendiendo la cola.

Luisito pensó: "Un deseo…". Cerró los ojos frente al árbol y dijo para sí:

—Deseo que mi padre sea cariñoso.

Abrió los ojos y vio cómo su padre se acercaba apresuradamente. Temió una reprimenda por alejarse sin avisar, pero en vez de eso le dijo:

—¿Verdad que es bonito el árbol? ¿Quieres hablar con Papá Noel?

—Ya he hablado con él.

—¿Y qué te ha dicho?

—Que sea bueno y me dejará muchos regalos en Navidad.

El padre le sonrió con ternura. Su rostro denotaba sosiego, sin la tensión y la dureza en la mirada que su hijo tan bien conocía.

En los días siguientes, el trato con el padre era tan distinto que no salía de su asombro. Le gustaba su "nuevo" padre, alentándole y valorando el esfuerzo que hacía en sus dibujos. Le sugería cómo podía mejorar, pero sin aspereza ni reproche.

—Mama, me gusta cómo es papá ahora.

—¿Qué quieres decir?

—Que no me regaña como siempre.

—Será la Navidad.

—Sí. —y mostró una sonrisa de oreja a oreja.

Los días de fiesta pasaban rápido, y su carácter inhibido fue cambiando por la misma magia que había cambiado a su padre. Había ganado seguridad por sentirse apoyado en los que hacía. Le alentaba a ser creativo. Ya no había una única manera de hacer las cosas. Le dejaba improvisar y lograba sorprenderle con sus ideas. Le decía:

—Cuando dibujes, déjate llevar, no te pongas límites. Tienes que tener tu propio estilo, aunque luego cojas ideas de otros y las adaptes a tu forma. Si algún día quieres ser arquitecto, como yo, o diseñador, y estudies para ello, siempre, siempre, con tu estilo por encima de todo. Esas palabras se le quedaron grabadas.

Por las noches, antes de dormirse, pensaba:

—Por favor, que sea siempre así. Que no cambie.

Las fiestas estaban llegando a su fin. Los Reyes Magos le trajeron un juego completo de dibujo, con cientos de lápices de colores de muchas tonalidades y un libro de técnica de dibujo. Saltaba de alegría y se lo enseñaba a los padres con tanto júbilo que no paraba de reír.

—¡Papá, mamá, mirad que chulo! Y el libro tiene muchos dibujos y te enseña cómo hacerlos.

Los padres reían también por verlo tan feliz. Su padre se sentó en el suelo junto a él para ojear el libro. Disfrutaron todos juntos ese día de regalos e ilusión.

Al día siguiente de Reyes, la magia, repentinamente, se fue y Luisito lo notó enseguida, nada más ver a su padre. Volvía a ser el de antes, áspero y seco. El deseo que pidió solo tuvo efecto durante las fiestas. Pero lo que vivió esos días le caló tanto que él ya no era el mismo. Echaba de menos al padre cariñoso de las navidades y aunque todo había sucedido muy rápido, los consejos que le dio los fijó en su mente y los fue madurando con el tiempo.

Luisito creció y desarrolló su talento. Con su propio estilo y siempre pintando por amor a su arte, dejándose llevar por lo que tenía dentro, sin afán de notoriedad ni hacer las cosas para los demás, sino para sí.

Cuando logró crear una familia, hizo con sus hijos lo que siempre ansió de su padre, y que obtuvo, aunque solo fuese por unos días "mágicos", gracias a un árbol en una tienda cualquiera, de una ciudad cualquiera y de un Papá Noel que supo leer en su interior.

La bufanda

Claudia hacía poco que había superado la barrera de los treinta años. Tuvo la suerte de aprobar las oposiciones de bibliotecaria, un oficio muy apropiado para ella. Le encantaba leer y pasar la jornada entre libros, su paraíso particular. De carácter reservado, nunca tuvo interés por arreglarse en exceso. Quería pasar desapercibida. Vivía sola y llevaba una vida tranquila, cuidando sus plantas, devorando libros de su extensa biblioteca y soñando despierta por las historias que conocía de las novelas. Las únicas amistades que tenía eran sus compañeros de trabajo y tampoco tenía mucho roce con ellos.

Era el final de las Navidades y se acercaba el día de Reyes. Fue al centro de la ciudad dando un paseo y ojeando los escaparates excesivamente iluminados y coloridos para que no pasaran desapercibidos a los transeúntes. Se detuvo en una tienda de ropa en la que vio una bufanda aterciopelada de color beige con mechones oscuros. Solo verla daba la sensación de suavidad y calidez. Se quedó como hipnotizada. La bufanda parecía decirle, "soy para ti, llévame contigo". Entró en la tienda con paso firme, convencida de que esa bufanda la habían puesto ahí para ella. Era el regalo perfecto para unos Reyes, los suyos. Ni tan siquiera se la probó para ver qué tal le quedaba. No era necesario, sabía que encajaría con ella como un aguante a una mano.

Cuando llegó a casa, se deshizo del envoltorio y frente a un espejo rodeo su cuello con ella. El efecto que le produjo verse reflejada fue impactante. Su falta de autoestima y timidez se materializaban cuando se miraba en ese espejo, viéndose poco agraciada. Pero aquella bufanda contrarrestaba esa sensación, más aún al acariciar esa textura tan agradable y cálida por el calor de su escote. El color conjuntaba muy bien con su vestuario particular, en su mayoría de tonalidades pardas y marrón chocolate.

Estaba muy contenta con sus Reyes y allá donde fuese, lucía su preciada bufanda. Ella, siempre en su mundo, mimetizándose con el ambiente, pasaba inadvertida entre la gente y nunca reparó si alguien la observaba o se fijaba en ella, quizás porque así fuera en realidad, pero desde que comenzó a llevar aquella bufanda las cosas cambiaron. La gente se le quedaba mirando, mujeres y hombres. Ella lo notaba y aquello le gustaba. Pasó de la oscura nada a la luz de los focos. Al principio se sentía incómoda. No estaba habituada a aquello, pero pronto se acostumbró. Aquella embriaguez de atención la desinhibía también, sintiéndose más segura y suelta. Sin dejar de ser ella misma, fue cuidando más su aspecto. Se maquillaba todos los días, cuidaba sus uñas, hacía recogidos de su cabello de formas diversas, siempre dentro de su manera sencilla de ver la belleza.

Los hombres se le acercaban y le hablaban, cosa insólita para ella. Al principio se ruborizaba y contestaba con monosílabos, pero pronto fue soltándose y hasta entablaba conversaciones insustanciales, algo que ella siempre había detestado. Simplemente se dejaba llevar y experimentaba, observando cómo se comportaba la gente.

Un día, uno de aquellos hombres le comentó lo bonita que era su bufanda e hizo ademán de tocarla. Ella hizo un gesto esquivo. Era su bufanda y únicamente la podía tocar ella.

—Disculpa, no quería molestarte. Solo quería sentir el tacto.

A ella le agradó la forma en que se expresó el caballero y cedió a su demanda.

—Claro, puedes tocarla si quieres.

El hombre palpó con placer aquella textura tierna y cálida. Mientras lo hacía, la expresión de su cara lo evidenciaba, de tal forma que sus ojos miraban a Claudia como si vieran a una Diosa. Quedó prendado al instante. Ella notó su mirada idiotizada. Así descubrió que su bufanda tenía algo especial. Tuvo un affaire con aquel caballero, pero ella no estaba para compromisos, así que lo despachó, muy amablemente, eso sí.

Acontecimientos como aquel continuaron produciéndose conforme los hombres se le arrimaban. Ella solo tenía que dejar que tocaran su bufanda para tener a cualquier varón a su merced. Luego los largaba como si nada. Poco a poco fue creciendo en ella una sensación de poder enfermiza. Podía tener al hombre que quisiera, todo gracias a su bufanda, que cuidaba y mimaba como un tesoro. Se miraba una y otra vez al espejo, viéndose resplandeciente, fantástica. Se estaba enamorando de sí misma. Aquello le cambió el carácter. Ya no era la mujer sencilla y humilde de hacía unos días. Ahora se veía fuerte hasta la arrogancia.

Así estuvo durante un tiempo, jugando con los hombres, cosa impensable semanas atrás. Pero notaba que le faltaba algo. ¿De qué le servía ese poder si se sentía más sola aún que cuando no tenía contacto con nadie? El sexo sin amor al final se volvía monótono. Sí, mucho gusto para el cuerpo, pero nada más.

Un día salió de su casa sin su preciada bufanda. Se encontraba rara. Notaba que le faltaba algo. Habituada a tener su pequeño cuello al abrigo con aquel suave tejido, lo consideraba casi una parte más de su cuerpo. En el descanso del trabajo, fue a tomar café con los compañeros. Justo en frente de la mesa había un señor desayunando y leyendo el periódico. Sus ojos parecían tener vida propia al dirigir la mirada una y otra vez hacia Claudia. Ella se dio cuenta y le miraba también cuando él volvía la vista a la lectura. En uno de esos tira y afloja sus ojos se encontraron sin querer, pero queriendo. Una corriente invisible recorrió sus cuerpos al mismo tiempo, haciendo que sus corazones vibraran con fuerza y un leve calor sonrosara sus rostros. Claudia, la todopoderosa ante los hombres, ahora se veía vulnerable por el nuevo sentimiento que la inundaba. Inconscientemente movía sus manos como acariciando la bufanda que tanta seguridad le daba, pero solo encontraba el vacío de su ausencia.

Cuando se disponía a volver al trabajo, el hombre se acercó para hablarle.

—Disculpa, siento curiosidad. ¿Por qué movías las manos de esa manera?

—No es nada, una manía tonta.

Los dos sonreían sin ser conscientes y con las miradas fijas uno en el otro.

—Me llamo Pedro, y ¿tú?

—Claudia.

—¿Me das tu teléfono y me cuentas otro día lo del movimiento de tus manos? Veo que te tienes que ir.

Claudia y Pedro se vieron de nuevo y ella le contó la historia de la bufanda. Hablaban con tal cercanía que parecían conocerse desde siempre. A él le resultó curioso el relato de la prenda y pensó que tenía imaginación para ser una buena escritora, dado también su amor por los libros.

Ella, al fin, encontró lo que nunca vio en ningún hombre y pensó que quizás la bufanda solo fuera eso, una simple prenda de vestir. Que todo lo que había acontecido había sido fruto de su imaginación y sus ansias de cambiar y no por el supuesto poder de la bufanda. Algo así como un efecto placebo. De cualquier forma, ya no la necesitaba. Es más, se deshizo de la prenda para evitar echar mano de ella de nuevo, porque, ¿y si se equivocaba y la bufanda estaba realmente encantada? No quería tentar la suerte. En Navidades nunca se sabe.

Para mi madre

Mamá, estés donde estés sé que leerás estas líneas. Tu última visita al hospital no acabó como tantas otras veces. Parece mentira cómo cambian las cosas de la noche a la mañana. El último día ya no pude verte despierta. Estabas inconsciente. El médico comentó que ya no se podía hacer nada más. No sé si podías escucharnos. Estabas totalmente inmóvil. Aún con la máscara de oxígeno, respirabas con dificultad y la sonda pasó de ser tu salvadora, como en otras ocasiones, a un simple instrumento sin función. Impotentes, veíamos cómo la bolsa de drenaje permanecía siempre al mismo nivel desde hacía horas.

Ese día, fueron llegando, desde por la mañana, tus nietos, sobrinos y resto de familiares, algunos no los veía desde que era pequeño. La habitación se llenó de gente por unas horas, para verte. Igual que se llenó, se fue vaciando conforme llegaba el medio día. Tenían que continuar con sus quehaceres. Quedamos papá y tus hijos. El tiempo transcurría rápido y conforme se acercaba la noche la esperanza que reaccionases fue menguando. Tenías la mano fría y respirabas al ritmo de cada latido. Ver a papá y a mi hermana quedarse de pie, mirándote y acariciándote el cabello me rasgaba el alma. No podía soportarlo y la congoja se cebaba conmigo. Todos llorábamos por dentro y solo por algunos momentos los sentimientos rebosaban en forma de lágrimas. Yo tenía que salir a menudo de la habitación porque no podía soportar ver cómo respirabas cada vez con mayor dificultad. Paseaba por los pasillos y volvía a entrar.

Adormilados pero atentos a cualquier cambio, tu respiración ronca sobresalía sobre el sonido del bote burbujeante de oxígeno, a su máximo nivel, que bullía como agua hirviendo. Conforme pasaba el tiempo el ritmo de tu respiración fue enlenteciéndose. Llegó un momento en que el burbujeo del oxígeno apagaba el sonido de tus ronquidos y solo podíamos ver si respirabas por el leve movimiento de cabeza en cada bocanada de aire. Yo no paraba de pedir a Dios que te recuperaras. Hasta llegué a creérmelo para tranquilizarme. Solo de esa manera pude dar alguna pequeña cabezada. Mi hermana se quedaba a ratos a tu lado, en la silla, intentando dormir apoyada sobre la baranda de la cama. Cuando se cansaba volvía al sillón. Yo salía y entraba de la habitación porque no podía dormir.

Todos te mirábamos a ratos por si seguías respirando. Te fuiste consumiendo como una vela. Poco a poco, la respiración fue haciéndose más ligera y el movimiento más sutil. Llegó un momento en que mi hermana dijo, "parece que ya no respira". Me levanté y cogiéndote la mano vi que estabas muy quieta. Te di un beso de despedida y mientras me deshacía en lágrimas en el sillón, papá y mi hermana fueron contigo a despedirse. Tras unos momentos de silencio, mi hermana y yo nos abrazamos y el estremecimiento de dolor y lágrimas se adueñó de nosotros. Papá estaba desorientado. Comenzó a ordenar cosas e ir de un lado a otro de la habitación. Iba y venía para verte. Le abracé fuerte. Le costaba reaccionar. Estaba como en shock. Pulsó el avisador para que viniera la enfermera.

Mi hermana y yo fuimos a tu casa para recoger ropa para que te vistieran y estuvieras guapa, mientras papa se quedaba contigo y gestionaba los trámites con el hospital.

Todo fue muy rápido. El sepelio y la misa. La sala se llenó. Tu otro hijo, que estaba de viaje, llegó a tiempo con sus hijas para despedirse. Vino mucha gente, familiares, amigos y compañeros. Después de la misa nos dejaron verte de nuevo y despedirnos. Parecías dormida, con el semblante sereno y las manos cruzadas. Todos te dimos un beso de despedida y aunque estuvieras fría como el mármol, un poco de nuestro amor quedó contigo antes de que te convirtieran en cenizas.

La primera noche en tu casa, después de irte, fue de un silencio abrumador, solo roto por algún llanto estertóreo. Si doloroso era para todos tu continuo malestar y nerviosismo estos últimos meses, ahora es igual o mayor el dolor por tu ausencia. La casa continúa impregnada de tu presencia y todo trae recuerdos. Los conocidos que no saben nada y preguntan por ti hacen desmoronarse a papá, pero poco a poco, lo va llevando.

Mucha gente cree que las casualidades son solo eso, casualidades. El día que papá me llamó para avisarme que habías empeorado, la melodía de mi móvil no la reconocí. La noche anterior había hecho cambios en mi teléfono. Para que me entiendas, lo había dejado como si lo hubiera comprado de nuevo, pero más moderno. No me dio tiempo a más aquella noche que dejarlo funcionando, sin cambiar ninguna música de llamada ni ponerle las cosas que tenía antes. La melodía que estaba puesta para llamadas, que sigo sin cambiar, es una música de piano, que tanto te gustaba, muy melancólica y dulce y que pareció anunciar lo que iba a ocurrir. Cada vez que la escucho me emociono. Y viendo la lista de melodías posibles que puede tener el móvil, unas treinta o más, precisamente tenía que ser esa y no una alegre.

Aunque sé que muchas de las cosas que te he contado las presenciaste desde que falleciste, lo escribo ahora que termina el año, para nunca olvidarlo y aliviar un poco el dolor que sé me acompañará aún durante mucho tiempo. Mañana será otro año y nueva etapa sin ti.

Tu hijo.

4 puertas

Andaba Paco paseando por un parque cuando apoyó su pie en un banco para abrocharse los cordones de un zapato. De repente notó un fuerte golpe en el cogote. Cuando despertó se hallaba sentado en un sillón en medio de una habitación con cuatro puertas, una en cada pared. Sobre cada una de ellas habían colocado un cartel: Verdad, Pasado, Oportunidades y Futuro. Se preguntaba cómo había llegado hasta allí y quién le habría propinado semejante testarazo que lo había dejado KO.

Unos focos potentes en cada esquina iluminaban la estancia. Se levantó y dando unos pasos observó las puertas. Todas eran iguales salvo en los colores: rojo, azul, amarillo y verde. Pensó qué clase de broma era aquella. Igual lo estaban observando como una rata de laboratorio. Volvió a sentarse e intentó tranquilizarse. Aquella parecía una película de terror donde el protagonista era él.

Se levantó para dirigirse a la puerta roja, la que correspondía a La Verdad. La abrió y la oscuridad impedía ver qué había dentro. Terminó de entrar y en el momento de cerrarse la puerta una luz blanca le cegó por unos segundos. La luz lo iluminaba todo de forma que las juntas de paredes y suelo eran invisibles. Producía un efecto como de estar flotando en una nada albina. De repente a su izquierda aparecieron unas letras: "Mentiras...", y a su derecha otras: "Verdades...". Tras unos segundos comenzaron a surgir imágenes allá donde dirigiera la vista. Cuando miró a la izquierda reconoció a su amigo Pedro. Estaba hablando con otras personas que no conocía. Hablaba de él y no bien precisamente. Conforme escuchaba se dio cuenta de que no conocía realmente a su amigo. Se burlaba de él y todos reían. Aquello le entristeció. No quería seguir escuchando y siguió caminando. Vio otra escena en la que aparecía uno de sus primos. Estaba solo en su habitación, pero podía escuchar en su interior. Así se enteró de que la envidia le carcomía y tenía pensamientos negativos hacia su persona. Siguió caminando, pero ahora giró la vista a la derecha. Una nueva escena en la que aparecía compañeros de trabajo hablando de él. En esta ocasión tenían palabras de elogio hacia él. Al parecer le tenían mucha consideración. Eso para él fue una sorpresa agradable, nunca lo hubiera imaginado. Tampoco tenía un trato cercano con ninguno de ellos. Así, caminando por aquel pasillo se dio cuenta de que todo lo que veía era desconocido para él. Tanto lo negativo como lo positivo. Miraba a ambos lados por igual porque si por un lado la tristeza o la rabia le invadía, por el otro le producía satisfacción saber que había gente que le apreciaba y quería sin él saberlo. Después de un buen rato mirando tras la cortina de la verdad se topó con la puerta de salida. Cuando se dispuso a abrirla no sabía dónde le llevaría, pero para su asombro acabó en la misma habitación del sillón. Se dejó caer en él.

Estaba agotado emocionalmente. Aunque ahora sabía muchas cosas buenas que no imaginaba, la parte negativa le atenazaba el corazón. Cuánta desilusión y engaño de familiares y amigos que no esperaba. Pensó que quizás vivir en la ignorancia era lo más llevadero. Se reclinó hacia adelante y con las manos en las sienes bajó la vista al suelo. Alguna lágrima se le escapó por el dolor. Se enjugó y volvió a acomodarse. Miró de nuevo las puertas. Ya sabía de qué iba el juego, pero tenía la esperanza de que alguna de las puertas le sacase de allí. Se levantó y abrió la puerta del Pasado.

Como si de un *Replay* se tratase, entró en un pasillo oscuro que se volvió a iluminar al cerrarse la puerta. A su izquierda aparecieron escenas que había vivido. Era su pasado negativo. Revivió momentos duros y penosos, algunos de muchos años atrás y que había olvidado. Recordar le gustó por poder ver a personas con las que había perdido el contacto, pero el hecho de ver sus propias mezquindades, egoísmos y malos momentos vividos le sentó como un gancho al estómago. En el lado derecho, sin embargo, pudo ver escenas entrañables y divertidas. Era su pasado positivo. Aquello era como abrir el baúl de los recuerdos, pero en imágenes, aunque no todas agradables precisamente. Al final del pasillo encontró la puerta de salida que abrió con esperanza ingenua de que fuera distinta a la anterior, pero de nuevo le llevó al sillón de la rumia.

"Qué fuerte", pensó. "Y aún me quedan dos". No supo qué había sido mejor, salir de la ignorancia de la primera o vivir de nuevo el pasado de la segunda.

Se levantó una vez más y abrió la puerta de Las Oportunidades. En aquel pasillo descubrió cuántas cosas buenas había dejado escapar por darse por vencido demasiado pronto o por ceguera, cuando no por pereza. Estudios, trabajos, amores buscados o ignorados... Pero también fue gratificante ver todo lo que había logrado en la vida hasta el momento. Su trabajo actual, sus amistades...

De nuevo en el sillón pensó en todo lo que se le había escapado y que habría podido ser, pero no fue. Algunas de esas oportunidades le hubieran llevado a una situación mucho mejor que la que tenía en la actualidad, pero ¿quién sabe nada?

Demasiada información y emociones en tan poco tiempo. La cabeza le iba a estallar. Quería terminar ya con aquello y aún le quedaba una puerta.

Atravesó la puerta del Futuro. Lo que vio allí era todo nuevo para él. Tanto a un lado como a otro vio lo malo y lo bueno que le acontecería. Al final del pasillo contempló el final de sus días y eso le impactó sobremanera.

Cuando salió del pasillo y volvió a sentarse, el hecho de haber visto su propia muerte se le atascó en la memoria como el peor de los rencores. Pero pensó que el futuro no está escrito y que aquello que había visto no podía hacerse realidad si él no lo quería así. ¿O sí? Todo lo que había contemplado en los otros pasillos había ocurrido. Era real, aunque él ignorase muchas cosas. ¿Por qué iba a ser distinto la puerta de su Futuro?

De repente los focos de luz disminuyeron en intensidad y al mirar hacia arriba vio que sobre ellos había un ventanal que recorría las cuatro paredes. Percibió las siluetas oscuras de numerosas personas que le estaban observando.

—¿Por qué me hacéis esto? ¿Quiénes sois? —dijo enrabietado.

Por unos altavoces surgió una voz que emitió las siguientes palabras:

"Lo que usted ha vivido en esta habitación es un privilegio a los que pocos tienen acceso. Solo usted sabe lo que ha visto en esos pasillos. Toda la información que ahora tiene permanecerá en su memoria cuando esté fuera de este lugar, salvo la de una puerta. Ahora, debe tomar una decisión."

Intentó poner en orden sus ideas. Vivir con todo ese conocimiento, al mismo tiempo que doloroso en lo negativo, podía sacarle provecho para mejorar su vida.

De las cuatro paredes comenzaron a surgir chorros de gas que a los pocos segundos lo dejaron dormido.

Se despertó en el parque, en el mismo banco donde lo secuestraron, confuso pero recordando lo sucedido en aquella habitación. Cuatro puertas y solo una sin recuerdos.

¿Y usted? ¿Qué puerta elegiría para olvidar?

Las puertas del olvido

Muchas veces ocurre que vemos una imagen, ya sea en la televisión o en un anuncio en la calle y aunque haya sido tan solo un instante, algo se activa en nuestro cerebro sin ser conscientes de ello. Luis lo sabía por experiencia, aunque dudaba que fuera algo "vox populi". Cuando tenía un sueño y lo recordaba al despertar, se preguntaba por qué había soñado aquello. Y al ocurrirle a menudo, se le ocurrió que sucedía por algo que había visto durante el día anterior. Y tuvo esa certeza al asociar sus pesadillas con algún cartel o publicidad de cine de terror. Él en su juventud había sido muy aficionado a ese género. No solo veía filmes, sino que leía libros también. Si las películas emitían imágenes impactantes, los libros amplificaban la sensación porque su imaginación era quien las creaba y la experiencia era más vívida. Claro que no todo eran pesadillas. También tenía sueños agradables con gente que ya no estaba en su vida. Al despertar y recordar lo soñado, le inundaba una mezcla de gozo y rabia por no poder continuar el sueño. Haciendo memoria del día anterior, terminaba localizando la "imagen-llave" que había abierto esa puerta en su mente.

En una ocasión iba en coche al trabajo cuando se detuvo en un semáforo en rojo. Vio un cartel publicitario de una película de terror titulada "Sueño eterno". La imagen estaba plagada de escenas sangrientas y rostros de pavor. La observó tan solo un instante y desvió rápido la mirada. No quería tener malos sueños. Continuó hacia el trabajo y se olvidó del tema. Una vez en su casa vio en la televisión las noticias y un programa de humor mientras cenaba. Terminó el día con unas risas en los grupos de WhatsApp y se acostó.

Esa noche se abrió la puerta que tenía cerrada bajo llave en su cabeza. Esa puerta tenebrosa que encerraba su pasado oscuro y que tanto temía. Con los años se dio cuenta de que todo en la vida marca. Y esa etapa de curiosidad malsana por lo mórbido, quedó atrás pero latente y resurgía en forma de pesadillas.

Soñó que iba por el centro de la ciudad, deteniéndose en las tiendas buscando unas gafas de sol. Con la bolsa de las gafas en la mano salió de una de ellas y viendo que se hacía tarde comenzó a correr. Le encantaba hacerlo en sueños porque podía ir rápido sin cansarse. Saltaba grandes alturas, aterrizando en el suelo como si nada. Pero sin darse cuenta se fue por un camino que le llevó a un barrio conflictivo de la ciudad. A esas barriadas donde cualquier persona con dos dedos de cabeza no se atreve ni asomarse. Se vio en una calle que no tenía salida y varios cacos le acechaban con navajas en mano. Querían robarle las gafas.

Dado que su movimiento era ligero y podía dar grandes saltos, logró escabullirse, pero le seguían persiguiendo, acercándose cada vez más. Tropezó en un bordillo de acera y cayó al suelo. Le rodearon. Uno comenzó a clavarle su arma en el pecho. Una y otra vez. Él notaba las punzadas breves y continuas. Le producían dolor y veía su sangre chorrear hacia el suelo. Golpeó con su pie la cara del agresor, quitándoselo de encima. Rodó por el pavimento y se incorporó de nuevo para huir. Aumentó la velocidad y logró dejar atrás a sus perseguidores.

Se coló en una casa de alquiler. No había nadie por el pasillo y vio al final una ventana abierta. Se asomó y advirtió que daba al patio de otra vivienda. Aunque la altura era considerable saltó. Era el hogar de un artesano de alambres. Hacía figuras de todo tipo. La puerta del patio daba a un río. Era invierno y el agua estaba helada. Le preguntó al propietario de la casa cómo podía cruzarlo. Al otro lado de las aguas había vegetación por lo que, si lograba llegar, podría alejarse de aquel barrio. El hombre le explicó que había que cruzarlo a nado, pero cuando la corriente fuera más suave, porque la fuerza del agua podría arrastrarlo. Fue entonces cuando vio unas escaleras que ascendían hacia una carretera. Abandonó la idea de cruzar el río y subió. El asfalto estaba resquebrajado y tenía numerosos socavones. Aunque no circularan coches, andar por allí era peligroso por lo inestable del suelo. Desde esa altura veía a lo lejos el resto de la ciudad, pero el río era la barrera natural que tenía que cruzar si quería salir de aquella zona. Llegó a una casa abandonada y en ruinas. Era ya de noche y se echó en el suelo para dormir. Se sobresaltó al ver figuras oscuras, como de grandes insectos, colgando sobre él. Él los apartaba dando manotazos, pero en ese momento desaparecían y al rato volvían de nuevo. Aquello le producía mucha angustia. Extraños ruidos surgían de un armario desvencijado. Susurros y leves voces. Algo había allí. Notaba su presencia. Le producía pavor y comenzó a llamar a su madre. "Mamá… Mamá…". Lloraba, estremeciéndose de miedo al acercarse los susurros muy cerca del oído. Notaba su corazón acelerado. Quería despertar, pero no podía. Notó un leve roce en la cara y de la sorpresa se incorporó. No había nadie. Salió por patas de aquella maldita casa y continuó corriendo. Aminoró la marcha por la ribera del río. Vio que por una zona estaba menos profundo y llegándole el agua helada por la cintura, logró cruzarlo. Continuó aterido por un camino de tierra. No podía ver lo que había alrededor porque plantaciones de maíz le sobrepasaban en altura. Aquel camino parecía no tener fin así que se aventuró a cruzar por los sembrados, abriéndose paso entre las matas. Fue lo peor que pudo hacer, al cabo del rato se halló perdido en un mar de cañas que lo ahogaban. Le faltaba el aire, quizás por la angustia de verse eternamente en aquel lugar.

Ese parecía ser el final del sueño y él lo intuía porque sus pesadillas solían terminar con ahogos. Le faltaba el aire y su cuerpo parecía paralizado. Quería levantarse, pero no lo lograba. Se ahogaba. Escuchaba el sonido de los coches en la calle y los ruidos de los vecinos. Sabía que el despertar estaba cerca. La consciencia comenzaba a desperezarse. Siempre lograba salir de aquel estado y despertarse si movía primero la mano y poco a poco el brazo y así hasta que lograba girarse e incorporarse violentamente, dando una gran bocanada como queriendo respirar de una vez todo el oxígeno que le había faltado momentos antes. Pero en aquella ocasión no funcionó. Luchaba por moverse y coger aire en vano.

Los ruidos de la calle cesaron. Los vecinos dejaron de molestar y se vio de nuevo en un sueño donde estaba bajo el agua, con una piedra que le ataba al suelo marino. Luchaba desesperadamente por cortar la cuerda de esparto que le atenazaba la pierna y lo quería ahogar. La soga se estaba deshilachando por el raspado agresivo que hacía con los dientes de una llave. La cuerda desmembrada finalmente lo dejó ir y subió todo lo rápido que pudo hacia la superficie. Tardó en recuperar el aliento. El sol cálido bañó su cara y después de tranquilizarse nadó hacia la orilla de una isla que se encontraba a unos cientos de metros. Al llegar a tierra, se sentó en la arena. El mecer de las olas espumeantes terminó de calmarlo.

Miró alrededor y solo pudo ver palmeras y restos de troncos podridos. Tendría tiempo para explorar la isla. Aun estando soñando era consciente de lo que le acaba de suceder porque estuvo a punto de despertarse, aunque no lo lograra. Aquello era nuevo para él. Nunca le había sucedido. Recordó el título de la película de aquel cartel, cuando estaba parado en el semáforo, y se preguntó si su sueño sería también eterno.

La cucaracha

Juan era muy aficionado a la bicicleta. Acudía al trabajo a diario pedaleando. Sin importarle el frío matinal, antes del amanecer, se colocaba su *"culotte"* y ataviaba su bicicleta con reflectantes y luces. También tenía una pequeña alforja que colgaba del cuadro de la bici. En ella colocaba unos altavoces *"bluetooth"* que, a pesar de su tamaño reducido emitían unos potentes graves, y con la música de un viejo móvil, que solo servía ya para eso, llegaba sin apenas esfuerzo al trabajo en menos de veinte minutos. La música le hacía olvidarse de la fatiga y el recorrido se le hacía liviano. Cuando llegaba, su cuerpo ya estaba activo y comenzaba la tarea con energía y la mente totalmente despejada. Esa rutina en su día a día le permitía mantenerse en forma.

En una ocasión, su padre le pidió ayuda para desmontar una estantería de madera de una alacena. Allí guardaban ropa y otros enseres de poco uso. Las paredes se habían desconchado por una humedad filtrada del vecino de arriba y había que arreglar aquel desperfecto para luego pintar. Una vez en faena, desalojaron toda la ropa del armario. Con el meneo de prendas y el hecho de que era un armario que casi nunca tenía movimiento, salieron espantadas algunas cucarachas que allí tenían su residencia. Huían con sus pocas pertenencias, pero apenas si pudieron recorrer medio metro. Las machacó sin piedad, emitiendo un ruido similar al explotar de las pompitas de aire de los plásticos para proteger paquetes. "Plas, plas".

Así fueron desataviando el armario y ya solo quedaba una gruesa manta de invierno. La colocó junto al resto de ropa y comenzaron a desatornillar las baldas. Una por una las colocaron en una habitación adjunta. Se detuvo un momento para mirar el móvil y sin soltarlo cogió la balda que quedaba, agarrándola con el otro brazo. De camino a la habitación, una cucaracha rezagada apareció en su brazo correteando hacia arriba, pero al llevar jersey, no la percibió hasta que se le subió al cogote. Al instante notó el nervioso correteo de las patitas del bicho sobre su escaso cabello y soltó una blasfemada mientras con la mano donde llevaba el móvil intentaba quitársela de la cabeza.

—¡Ahhh!, me cago en...

El bicho voló junto a su móvil que se le escapó de la mano con el movimiento brusco. La cucaracha, sobre el móvil, reía divertida:

—Ja, ja, ja, ¡Qué chulo! Estoy volando. Yupiii.

El móvil cayó de pico al suelo y la cucaracha se escabulló entre los muebles de la habitación. Juan recogió rápidamente el móvil del suelo. La carcasa que lo protegía se había rajado, pero el móvil parecía que no había sufrido ningún daño. Seguía funcionando con normalidad. Como ya le quedaba poca batería lo puso a cargar y se olvidó de él.

Al par de horas, no supo por qué, pero algo le hizo ir a donde tenía el móvil en carga. El aparato tenía la pantalla negra y quemaba al tocarla. Lo desenchufó rápido. Se asustó al pensar que podía haber estallado la batería y ocurrir una tragedia, ya que su madre estaba sentada en un sillón justo al lado. Fue una de esas casualidades que a veces le ocurrían y que le habían evitado muchas desgracias. Aunque no era algo en lo que pensara habitualmente, sí le venía a la cabeza momentos después en que respiraba aliviado al lograr esquivar milagrosamente alguna tragedia.

El aparato ya no tenía arreglo. Se había quemado algo por dentro y estaba inservible. Y lo peor era que no había hecho copia de las fotos y documentos que tenía en la memoria. Si el móvil hubiera tenía tarjeta no habría habido problema, pero estando la información en el mismo teléfono ya no había forma de sacarla. Ese móvil lo utilizaba para muchas cosas en su día a día. Tenía anotaciones y hacía bastantes fotos con él porque su cámara hacía muy buenas instantáneas. Hacía dos años que lo compró y aunque no era de gama alta, iba muy fluido.

Volvió a su casa con el disgusto en el cuerpo y pensando si quizás no habría hecho copia, en algún momento, de lo que había en el teléfono.

—¡Puta cucaracha! —pensó.

Utilizó uno de sus antiguos móviles, provisionalmente, mientras buscaba por internet otro de similares o mejores características del que se desgració y que no se disparara de precio. Las cosas no se les da el valor que merecen hasta que ya no se tienen. Bien que lo notó él utilizando el móvil que usaba ahora, que iba más lento que un seiscientos y le desesperaba.

Después de muchos días mirando por internet, al fin encontró el sustituto adecuado. Era algo mejor que el que tenía. Más moderno. "No hay mal que por bien no venga", se consoló, acordándose de su antiguo móvil. ¡Y lo bien que sienta cuando te compras un nuevo cacharro, recreándote al desembalarlo! Saca las cosas con cuidado, no vayas a pifiarla ante de tiempo con los nervios. En esos pensamientos estaba, como un niño con su regalo de reyes, cuando comenzó a confeccionar la batería de pruebas para el móvil por si tuviera algún defecto y hubiera que devolverlo: Wifi, cámara, GPS, sensores, audio… Compró una funda acolchada, pensando en que, si se le caía de nuevo, no le produjera daños.

Al día siguiente, se disponía a salir, como de costumbre, de su casa con la bici hacia el trabajo. Ya fuese porque no había dormido lo suficiente o porque la mayor parte de su atención estaba en su nuevo móvil, al poco de salir se dio cuenta de que no llevaba la alforja con los altavoces. El camino se le hizo más largo que de costumbre. Tenía por música el roce monótono de las cubiertas sobre el asfalto y el desagradable ruido del tráfico que no podía mitigar con sus canciones preferidas.

A mitad de camino, al subir el bordillo de una acera notó un ruido seco detrás de él. Al principio no le dio importancia, ya que por el suelo siempre había muchas cosas y las ruedas, al aplastarlas, hacían ese tipo de sonidos, pero al segundo se detuvo y miró hacia atrás. Había un bulto en el suelo que no lograba distinguir por la escasa luz. Cuando se acercó reconoció la funda de su móvil. Le inundó, por igual, una sensación de espanto y alivio. Con el cuerpo cortado aún, continuó el recorrido tras recoger el aparato.

Gracias a la funda el móvil no había sufrido ningún daño y todo funcionaba correctamente. El día transcurrió con normalidad y al llegar a casa y ver la alforja musical que había olvidado pensó en la nueva casualidad que se había producido. Si se hubiera acorado de cogerla, no habría podido escuchar caer su móvil al suelo y con toda seguridad lo habría perdido sin haberlo apenas disfrutado.

Y todo esto sucedió gracias a una cucaracha que, sin buscarlo, disfrutó de unos segundos volando sobre un móvil moribundo y de casualidades que a veces no son tales.

———————————————

Nota del autor:

Este relato es ficción. Cualquier parecido con la realidad es pura "casualidad".

Rosa del desierto

Rosa, una joven apasionada de la lectura, leía en su cama "*Sinuhé el egipcio*". A pesar de ser un libro extenso, la historia del médico la había embelesado. Era la tercera vez que lo leía en los últimos años y cada vez la sorprendían nuevos detalles. Cuando terminaba de leer y lo dejaba sobre la mesita, se quedaba un rato echada en la cama mirando a la nada, rememorando los fragmentos leídos. Las imágenes que había creado su mente conforme se empapaba de la historia permanecían en ella durante unos minutos. Entonces le parecía vivir en otro mundo donde dioses, guerreros, sacerdotes, entre otros personajes, esbozaban una historia que ella sentía de forma tan vivida que la transportaban en el espacio y en el tiempo.

Se levantó y vio su reflejo en el espejo de cuerpo entero de su armario. Rosa, de cabello liso y largo, mirada profunda y finos labios, imaginaba ser una de las hijas del faraón. Jugó unos momentos a verse con ricas vestiduras tachonadas de oro y piedras preciosas de vivos y variados colores, radiante como nunca se vería en la realidad. También con un vestido que ensalzaba su largo y delicado cuello, adornado con collares de oro embrocados y otras joyas.

Fijó su mirada en los ojos de su propio reflejo. Las pupilas se dilataron ante tanta belleza y entonces vio en ellas una caravana de camellos que avanzaba lentamente con su carga de mercancías. Quedó absorta ante esa imagen. El reflejo de su habitación en el espejo se transformó en un desierto de arenas doradas, rizadas por el viento y repletas de hoyuelos producidos por las pisadas que la brisa no tardaba en borrar. Las huellas proyectaban pequeñas sombras por el sol de la tarde que comenzaba su declive dejando un largo rastro efímero tras la fila de animales y beduinos. Aquella visión la dejó extasiada. Era como una ventana al desierto. Se recreó en los contornos de las dunas y el calor residual que aún ascendía de la arena y hacía danzar las imágenes suspendidas de la lejanía.

De repente, en una zona del terreno comenzó a moverse la tierra girando en dos sumideros. Estos se hacían más y más grandes. Fue entonces cuando vio cómo surgían dos manos de las entrañas de la duna, chorreando arena entre los dedos y unos largos brazos que se le aproximaban. Con las palmas abiertas en ademán de agarrarla atravesaron el espejo y la cogieron por el talle. Ella sintió la firmeza y el calor tibio en su cintura. Le gustó ese contacto y cuando tiraron de ella, no se resistió, logrando asir su espíritu. Desmayada, su cuerpo cayó laxo como un vestido que descubre una desnudez.

Su espíritu ocupó el cuerpo de una joven de similar edad que oscilaba sobre la joroba de un camello con un *"niqab"* que dejaba al descubierto únicamente los ojos. La caravana avanzaba pausadamente. Hombres, delante y detrás de ella, completaban la expedición. Los animales iban cargados de grandes fardos con mercancía destinada a trueque o venta. El sol iba aproximándose al horizonte y el cielo comenzó a teñirse de tonos cálidos, disminuyendo la temperatura paulatinamente. Rosa se preguntó cómo era posible que estuviera en aquel lugar. Asustada, no sabía qué hacer. Se dejó llevar, intentando habituarse al continuo vaivén del animal que le estaba revolviendo el estómago.

La caravana se detuvo y el padre de la joven, cuyo cuerpo había usurpado Rosa, la ayudó a bajar una vez que el camello había flexionado sus patas y apoyado su panza sobre la arena. Montaron rápidamente la tienda con palos y telas apropiadas para soportar el cambio radical de temperatura que se produciría cuando el sol desapareciese. Rosa, para su sorpresa, podía entender lo que aquellos hombres decían y responder con naturalidad en su misma lengua. Tomaron carne seca, frijoles, dátiles y té bien caliente que tenía un sabor delicioso. A pesar de no haber probado nunca alguno de esos alimentos, los tomó con gusto. El fuego en el exterior de la tienda refulgía y las ramas en su lamento, chasqueaban claudicando al calor de las llamas. Uno de los porteadores comenzó a tocar su *"Oud"* y otro unos pequeños timbales, amenizando la cena. Rosa, que nunca había vivido aquello, le pareció fascinante encontrarse en aquel lugar perdido del mundo, al calor de la lumbre y con aquella música racial que formaba una isla sonora en aquel mar de arena.

No transcurrió mucho tiempo cuando todos se fueron a dormir, pero ella no podía conciliar el sueño. Pensaba en lo que estaba viviendo. El silencio del desierto fuera de la carpa era estremecedor. Suaves rachas de viento hacían temblar la lona que los cubría y podía escuchar los granos de arena impactar con la cubierta. Hacía frío. La temperatura había descendido bastante, aunque se encontraba a gusto bajo la manta que la cubría. Aquella noche no pegó ojo y sus pensamientos se perdieron en un laberinto de interrogantes. ¿Cómo volvería a casa? ¿Qué pasaría mañana? ¿Por qué estaba allí?...

Al día siguiente continuaron la marcha hasta llegar a un pequeño poblado. Era uno de los pasos obligados en su ruta comercial y donde podrían aligerar la carga a cambio de algunas monedas. Rosa presenció por primera vez el juego del regateo en la compra-venta de artículos. Sentados a la sombra, su "padre" comenzó a mostrar telas de distintos motivos, colores y tamaños, examinándolas el comprador con mucha atención y ofreciendo una primera cantidad por ellas. Mientras los dos debatían por el precio adecuado, un muchacho, que al igual que ella observaba cómo se manejaba su progenitor en esos negocios, desviaba la vista continuamente hacia ella. El padre, que parecía tener más de dos ojos, se percató de la mirada atenta del muchacho hacia su hija.

—Tu hijo parece que presta más atención a mi niña que a tus negocios.

El otro se giró y el hijo, con la mirada culpable, recibió un tortazo en la cabeza para que no se distrajera.

—Que no se le ocurra tocar a mi Rosa, que mi *"jambia"* tiene sed de sangre.

—Sigamos con las telas —dijo el aludido.

Rosa se quedó atónita al escuchar cómo la habían llamado por su nombre. La casualidad quiso que su verdadera hija se llamara como ella. De cualquier forma, Rosa tampoco podía dejar de mirar al chico al que habían atizado. Ahogó con su mano una risa pícara que le sobrevino al presenciar la escena. El chico enarcó una ceja al ver su reacción y se contagió de la mirada sonriente de ella.

Cuando los dos hombres acabaron, cada uno se fue por su lado. Después de comer, Rosa se aburría viendo cómo los hombres dormían la siesta. Se entretuvo examinando las telas y objetos que había en la tienda. Entonces, escuchó cómo algo golpeaba la lona de la tienda por fuera. No le prestó atención en un principio, pero como se repetía regularmente le entró curiosidad. Alguien estaba arrojando pequeñas piedras. Se asomó y vio como el chico que conoció hacía unos momentos la saludaba y le decía con gestos que fuera donde estaba él.

Estuvieron hablando un buen rato y como ella temía que se despertaran en la tienda y no la encontraran, se despidieron. Él le regaló la talla de madera de una pequeña media luna, con curiosas incisiones, que él mismo había esculpido. Aquel encuentro dejó huella en los dos. Sabían que seguramente no volverían a verse. Cuando los hombres despertaron de la siesta, desmontaron la tienda y continuaron su camino hacia el siguiente poblado. Tenían que aprovechar las horas de menos calor antes que anocheciera y tuvieran que acampar de nuevo. Por el camino, Rosa seguía pensando en el chico y la entristeció dejarlo atrás. Quizás, si regresaran por el mismo camino cuando vendieran toda la mercancía, podría volver a verlo.

De nuevo llegó la noche, el fuego, los cánticos y el silencio, víspera del sueño. Esa noche Rosa se fijó en la bóveda celeste. Las estrellas titilaban como diminutas luciérnagas. Jamás había visto tantas en la noche. El cielo limpio y la extrema oscuridad del desierto era el escaparate perfecto para que los astros lucieran como en ningún otro sitio. Puntos de luz fugaces trazaban largas líneas en apenas un segundo y Rosa aprovechó para pedir algún deseo. La luna parecía estar ausente de su casa al igual que ella, que se preguntaba cuánto tiempo duraría esa aventura.

Pasaron los días y de regreso, la caravana paró de nuevo en el poblado donde conoció al chico. "Quizás sea verdad lo que dicen de las estrellas fugaces", pensó Rosa. Pararon durante las horas de más calor y ella aprovechó para buscar al muchacho. Por más que lo buscó, no logró dar con él. Se asomó hasta el extremo más alejado de las casas y miró hacia el desierto. El calor bullía de la arena en ondas que deformaban el paisaje y ya fuera por el ardor del ambiente o el ansia de encontrar a su amigo le pareció verlo a lo lejos, sobre una duna, saludándola y diciéndole con gestos que fuera donde estaba él con ambas manos. Ella avanzó como hipnotizada por la visión. Cuando se encontró frente a él, estaba mareada por el intenso sol. El muchacho le sonreía y avanzó una mano para que ella la tomase. Cuando lo hizo, notó su calidez y firmeza y tirando de ella, sacó su espíritu del cuerpo de la joven que cayó desvanecido en la arena.

Cuando Rosa recuperó el conocimiento se vio en el suelo de su casa. Se sentó en la cama y pensó en lo sucedido. Todo había sido un sueño, muy bonito, pero solo un sueño.

Al disponerse a salir de su habitación algo le llamó la atención en la mesita de noche. Junto a su libro reconoció una pequeña luna de madera con curiosos símbolos tallados.